刘南钦 著

走了的河
没带走涛声

作家出版社

图书在版编目（CIP）数据

走了的河没带走涛声 / 刘南钦著 . -- 北京：作家出版社，2024. 8. -- ISBN 978-7-5212-2999-8

Ⅰ. I227

中国国家版本馆 CIP 数据核字第 2024554SG0 号

走了的河没带走涛声

作　　者： 刘南钦
责任编辑： 赵　莹
装帧设计： 意匠文化 · 丁奔亮
出版发行： 作家出版社有限公司
社　　址： 北京农展馆南里 10 号　　**邮　　编：** 100125
电话传真： 86-10-65067186（发行中心）
86-10-65004079（总编室）
E-mail: zuojia@zuojia.net.cn
http://www.zuojiachubanshe.com
印　　刷： 唐山嘉德印刷有限公司
成品尺寸： 142 × 230
字　　数： 30 千
印　　张： 13
版　　次： 2024 年 8 月第 1 版
印　　次： 2024 年 8 月第 1 次印刷
ISBN 978-7-5212-2999-8
定　　价： 48.00 元

多维视域下的诗性情怀

——代序

同多数诗人诗歌实践和诗评者持论一样，比利·柯林斯建议写诗去挖掘自己的声音、气质：“让自己入诗。”而且，这位美国桂冠诗人还列出了“让自己入诗+生活碎片+睿智的东西”的诗创公式。

自我观照或以我观物，甚或以我为切入点为主体为中心的诸多因子的浑糅相融调和，端出的不外乎是王国维在《人间词话》里阐释的“有我之境”的大餐。王国维肯定“物我皆著我之色彩”，又特别指出，“写有我之境者为多，然未始不能写无我之境”。这无疑是对诗歌天理的全面洞察，诗歌不仅有“有我之境”，还有“无我之境”，那种上帝视角下的自我完全物化，无我的盛宴更散逸着超然隽永的韵味。

其实，我们知道，成就诗歌或对诗歌的阅读，都存在着不同角度、不同方向、不同深度、不同层次的切入、着力和品味，不仅仅就是“有我之境”和“无我之境”那种“两性”之属和之辨。

成就诗歌的方式是多维的。因此，我们可以从不同时期、不同民族、不同国家之间的诗人和诗学大家作品上，品读到不同视域的诗歌，且收受到多维视域下的诗性情怀。

一

从认知维度来看，无论“有我”还是“无我”，诗歌昭示着诗人感应现实的一种心灵秩序的结构和精神层面的重建，总要抒其情、言其义、蕴其韵、含其味、精其文的，不能不对事物有着精微的观察、精敏的感受和精致的表达，而必须找到诗为情理、意趣提供更大价值的独特性。

不妨先读一首诗——

豹

——在巴黎植物园

［奥地利］赖内·马利亚·里尔克／诗　冯至／译

它的目光被那走不完的铁栏
缠得这般疲倦，什么也不能收留。
它好像只有千条的铁栏杆，
千条的铁栏后便没有宇宙。

强韧的脚步迈着柔软的步容，
步容在这极小的圈中旋转，
仿佛力之舞围绕着一个中心，
在中心一个伟大的意志昏眩。

只有时眼帘无声地撩起——
于是有一幅图像浸入，
通过四肢紧张的静寂——

在心中化为乌有。

这是主张写“物诗”的奥地利诗人里尔克写的看似“无我”的一首经典之作。他把在巴黎植物园看到的供游客观赏的豹作以文字呈现，没有他早期的诗作“有我”的偏主观抒情。但是，这不仅仅就是一种简单的呈现，而是浸透着对豹及相关事物的认知，从而展开的人的困境、人与囚笼的对立关系和人在某种程度上渴望实现对现代性囚笼的超越。

豹被困住，“千条的铁栏杆”不是简单的存在，它就是囚笼，是人类社会的制造物，是生活桎梏，是现代困境；豹的“力之舞”不仅在展示它的美，而且在显示它源于“一个伟大的意志”想冲出铁笼的抗争，但它毕竟面对的是“千条的铁栏杆”的强大的现实，它“昏眩”，反抗失败了；豹“只有时眼帘无声地撩起，于是有一幅图像浸入”，表象上是在“观看”，而诗所蕴含的、给我们拓展的，是豹开始走向内在，企图通过内在的探寻，找到超越现代性囚笼的路径。

不难看出，诗在过滤现实，作为一个滤器的诗人把那个“物”，变成了诗歌中的“物”。诗人通过囚于铁笼的豹打开、延展、升华了认知，以豹眼看现实，以豹心感受世界，和豹融为一体，豹在诗中成了诗人的象征，也成了现代人类的象征。诗人写豹又不是在写一只豹，而是在写己见自感，在写我们每个人都在经受的深刻的现代生存体验。

里尔克的“物诗”，从认知上拓开诗思、诗情、诗意，往往通过“观看”，浸入客观物体之内，体验客观物体的内在本质，最终以一种“雕塑的诗”的形式，把物本身表现出来。

客观化的“物诗”，通过认知的作用，给主观化的表达提供了广阔的阐释空间，提供了丰富的多层次、多向度的精神维度。

西班牙诗人安东尼奥·克利纳斯认为，诗歌首先是一条通向认知的路径，可借以解读和彰显现实。

从认知维度来看，从“物”及其特性出发，诗歌源于诗人的经验和经历，以及发现事物、认识事物本质的能力。诗人对物象进行更深入的了解、挖掘和塑造，才能让演绎出来的诗歌更加真实自然，才能让诗歌具有丰富意蕴、超凡意境、超然眼界和诗性情怀。

拙集《走了的河没带走涛声》中有一首《池沼》，虽写的不是动物，虽那时还不知道里尔克，但也忝可以里尔克的“物诗”称之。此诗诌于1980年夏，却绝少年轻的轻狂和盛夏的燥热，从对一个池塘的认知荡漾开去，漫溢出对人生对社会对世界的反讽和思虑。

池　沼

仰望星空　秋波只送给风
时时窥视着草岸花湄　甚至兽走鸟飞
碧眼的女巫　总在低处
看到灵魂的真相　或者事物的流年似水

难怪能看透它们一辈子　毕竟
它们不舍难离宿命的安排　天天临池照镜
感叹韶华易逝　眷恋日光月辉

它们的一生　对你而言只是
一场走马观花的电影　你却无法干涉
更扭转不了濡湿的命运
即使神让你看到未来　你也只能
在时光里听任云影徘徊

大凡诗文中涉及的池塘，多取譬如碧玉、明镜、宝鉴之类，拙诗另辟蹊径抵达它，把它作为长着碧眼、与诡风谲云眉来眼去的女巫，这源于本人对它的认知。它作为一种色绿且有一定透明度的自然态（也许是人为产物），就那么静静地待在那里，仰观宇宙之大，环视品类之盛，看似能看透一切，能左右周遭的宿命，其实，连自己的命数都改变不了，还怎能扭转其他的命运？

一种衍生出的隐喻性表达，说明虽然物独立于人的俯视它的眼光，但它经过诗人那颗容纳一切的强大心灵，经过人的意识浸淫而濡染并积蓄了大量的人的主观能动性，它在诗中达到那个认知维度，就可以拓展出无数可能性，而这些诗在物质标志上、文化指涉上和认识态度上可能具有非凡的风貌和气质。

对诗歌创作来说，不光物在认知维度上发生核聚变，人、事都是如此。

收入拙集《走了的河没带走涛声》中的一些诗作，尤其是第一辑如写李白、杜甫、白居易、李商隐、苏轼、李清照、辛弃疾、陆游以及聂鲁达、埃利蒂斯等的篇什，都不是对他们人生的直达叙述和表象演绎，而是深潜到人与事的内部与核心，去发现、去想象、去融筹人生遭际、世事沧桑、生命密钥和灵魂的谐和或对峙，并去辨认、去理解、去诠释人性的坚韧与脆弱、生命的虚幻与意义，进而达到写作对象和写作者的沟通、和合，实现诗歌的再生血脉和肌理，展示诗性情怀。如无认知，何至于此？

从认知维度上拓开诗歌的广阔空间，坚守本原、深琢本原、重塑精魂，“有我之境”不仅有我，“无我之境”必然有我，而使诗歌拥有了至上灵境和持久美感。

二

从时空维度来看，一种穿越时空的心有灵犀能让诗神君临天下。

有一首来自诗人独特而真挚情感的诗脍炙人口，且被谱曲传唱，就是“让自己入诗”，营造“有我之境”，以一个想象中的场域，抒写了一个现实图景，融过去、现在和将来为一体，从时空维度为我们呈现了一种诗艺娴熟度、诗情丰盈度、诗意深长度和诗性饱和度很高的范本。

当你老了

［爱尔兰］威廉·巴特勒·叶芝／诗　袁可嘉／译

当你老了，头发白了，睡思昏沉，
炉火旁打盹，请取下这部诗歌，
慢慢读，回想你过去眼神的柔和，
回想它们昔日浓重的阴影；

多少人爱你青春欢畅的时辰，
爱慕你的美丽，假意或真心，
只有一个人爱你那朝圣者的灵魂，
爱你衰老了的脸上痛苦的皱纹；

垂下头来，在红光闪耀的炉子旁，
凄然地轻轻诉说那爱情的消逝，
在头顶的山上它缓缓地踱着步子，
在一群星星中间隐藏着脸庞。

有论者看得很准：这首诗与其说是诗人在想象中讲述女子的暮年，不如说是诗人在向女子、向滔滔流逝的岁月剖白自己天地可鉴的真情。从这个意义上讲，打动我们的正是诗中流溢出的那股哀伤无望却又矢志无悔的真挚情感。

而这种真挚情感是怎样表达的？

诗人一开篇便展开了一个想象空间，描写恋人在炉火旁阅读诗集的情景，看似简单，却着实不凡：这个空间是穿越的、阔大的，甚至是无限的，不仅有“红光闪耀的炉子”的房间，还有“昔日”缘聚的在场、“头顶的山”和“一群星星”的天空。

更值得注意的是，在如此空间里，由现在推想“当你老了”之时，由“当你老了”之时回想“你过去”“青春欢畅的时辰”，并由阅读诗集冥想消逝的爱情入定坚固和永恒。也就是说，诗人在当下描写的情景不仅是室内的还有室外的，不仅是现在的还有过去的和将来的，不仅是身外的还有内心的，时空交汇，融为一炉，此等情怀，世所罕匹。

时空元素入诗，形成了诗歌中的时空表达，其中蕴藏着独特的审美经验和诗性情怀。

由此产生的诗歌的时空维度，主要关注诗作的时间流动、诗人心态的变化和各类地理物象的情境、情感衬托与渲染，以及其中体现的审美经验。时间作用于诗人的创作心理，产生了忆昔、怀旧、感时、展望等主题，空间更多被视为诗人主体感知和情致的投射对象，营造出独特的诗歌氛围。

其直接的效果就是，让读者顺理成章、水到渠成的思维、情感陷入诗人精心构建的思维疆域和情感领地。

可喜的是，我们当代诗人以时空维度拓展的诗性情怀，更广阔，更深远，既有对真爱的执着追求，又有对命运的潜在悲悯；既有对美好事物的真诚颂扬，又有对俗世社会的隐性批判。

远离与近在的玫瑰雪

陈薇凌

远离春夏　大雪飘飘中玫瑰的热情消减
我双手触摸一团枯萎
香气依然鲜艳　冲着鼻翼雪花一样
静默着翻飞

冬寒心地荒凉　偏偏释放六角花瓣
与玫瑰近距离媲美

在我的心找不到安放的时候

一种远离山高水长　恰恰蒸发遗忘
时光抚摸过的往事从不枯萎　纷纷而下
铺陈　覆盖　都是融化不了的素洁回味

再远　也凝练为一种飞扬
清晰地在眼前迷醉

诗人手法巧妙地表达了一片深情，成就了一首时空维度很明晰的诗歌。由春到冬，抚今追昔，时间给爱情带来了重重的考验，然而时间也验证了爱情的坚贞；由近及远，内外相应，拓展了诗的意境和空间，让人感到一种圣洁的美丽，并使爱情向着纯净的崇高境界不断升华，升华到无限的空间中，成为一种永恒。这份爱通过时空维度的涵容，被表达得不动声色却有声有色、寂然无闻却馨香四溢，无疑更加深沉、更加真挚、更加忠贞。

拙诗要是能够达到这种水准，何止有幸三生。虽然习作了不少类似的文字，一直感觉羞于出手，而编入《走了的河没带走涛声》诗集中的一首年轻时的涂鸦，从时空维度来看，还差强人意。

炎凉已拉开距离

炎凉已拉开距离　我们仍时光一样一如既往
一前一后　走在不显山露水的晨昏

你走入秋天　足下秋光生辉

我还在夏天的余烬上　内心独自烧灼
尽管如此　一种莫名其妙的预期
也没有像放映的电影胶片那样卡顿

你也没有看到我的影子仰望我
且紧随我踽步而进

我坚执不认　脚下的陵西大街
会通向长长的谶语
路过的雁鸣　让秋风打了几个喷嚏
夕阳气红的脸上不掩怨嗔

其实　你只是款款地走着
没有在季节上停留　可能如秋色漫不经心

似乎缺少对一朵燃烧的金菊细问
而我　还抓住夏天的纤尾结绳记事
沉吟着
为一树红枣点圆秋心　为一种鸟语押韵

夏秋时节有序，心理温差有别，前行后随有距，上下景象有异，近怀远望有因……建构了拙诗的内在时空脉络或框架，让这首诗所表现的情感历程及悠长岁月实证着诗中主角在场的感知，仿佛一直义无反顾地朝着无限时空走去。

就时间来看，此诗表现的是夏秋之交，因而就有了夏天、秋天两个时间向度，契合并暗喻了一个（内心的）热烈、一个（外在的）冷静；就空间来看，是在一条路上，隐含了人物的思想、情感、志趣乃至人生走向是一致的。景、物、人、事都出现在单一的时空里，传导出的情感、意蕴虽扑朔迷离，却也更加清纯、真挚和珍贵。

究其实，时空维度是多式多样的。

有些诗歌从同一时间出发，建构了两个空间。

雨水激打的河流

肯定很疼　那么多箭矢射在身上
扭动　翻滚　强忍里发出低吼
惊慌失措地逃走

都无济于事　卷不走的苦痛
携着旷野一道道伤口喷涌的血
特别是那个荒垭的　一股脑儿怒发血流

海还很远　路没尽头
把一个艰难疾行的披蓑戴笠者的心
当作入海口

拙诗表现的时间是同一的，即下雨时；地理空间则有两个，即“旷野”和“海”。“河流”处在“雨水激打”时，像极了我们遭受磨难的人生，“旷野”和“海”无疑隐喻了我们的生存之境和追索目标。共时而异的空间建构，意在使诗歌本身更有张力，更加丰满。

当然，还有两个时间、一个空间的，也有不同时间、两个空间的，更有多时间、多空间的。其中的运用，主要看营造诗情、诗意、诗境等所需，重要的是必须使张开的时空维度构建“有我之境”或“无我之境”中的生命主体的内生品质。

让每一首诗都具有深远、广阔的时间和空间。

三

在读到《远离与近在的玫瑰雪》一诗时，也读到了同一诗人的另一首诗——

雨中海棠

陈薇凌

细雨绵绵　渲染我与海棠的习惯对望
将互为镜像的醉痴发酵为宁静
而显然　无意濡湿手机里
我精心珍藏的　一帧帧海棠的全息影像

海棠躬身草坪　接受细雨的滋润
全力追逐春天的身影
那些虬曲的枝条钩沉索引　唤发花朵
编发花的谱系　散发烟雨认领的芳香
每一瓣　都鲜亮着色彩
隐隐淅沥出洁白粉嫩或姹紫嫣红的回响

是海棠在解语　还是细雨在述说
连枝上的白头翁都在粉色梦幻中
那么婉啭　那么迷醉
说不清天地间盈盈的　是海棠花泪
还是我眸子里流溢的雨光

读后，不能不为诗人的技艺而叹赏。此诗表达不疾不徐，很清逸、雅致，仔细体味可以感受到诗的品质细腻、滋润，烟雨一样朦胧，却总有一种说不出的通透，将诗的境界和生命的感怀融合得意韵浑然。诗人把心中淡淡的感伤、痴痴的爱意、深深的思念化成了缱绻的诗魂，以柔美曲折的方式，创造了一个饱满的充满张力的艺术世界，实现了对人生及命运的超越。

如此好诗，自然是在“有我之境”中，张开认知维度和时空维度的双翼翔舞。而诗人抒写何止发挥一两种向度的作用，此外肯定还有其他不露痕迹的招式，比如，情感维度、情景维度、意象维度、想象维度、气韵维度、语感维度等。这些，毫无例外地综合熔铸了诗歌的风貌和气质。

而生成、完成并承载、传输这些的，又给我们提供了一个维度，那就是语言。

此诗的语言自然流畅又妍美深挚、轻灵飘逸又凝重苍然，节奏有致地把诗歌的意境与感情之美表现得活灵活现，一派典雅萧散之感展现了传统美学和现代风格相化融的艺术特质，令读者感受到平静、安宁与唯美，引发对生命、自然和人性的感悟。

“诗是用语言忠实而完美地保存不可表达的尝试。”英国诗人沃尔特·德拉梅尔的看法是符合诗歌法则的。

有诗人强调说，诗到语言为止。此说自然有些诗人黏血质的极端，但语言之于诗的作用不可小觑。从语言维度来看，语言是一种媒介、一种载体，是情感的打开方式，是观念的通达秘径，是灵魂的自由王国，诗人驾驭好它，自然别有一番天地。

很有质感的语言，就像书法练达、精熟的线条，牵缠、萦绕、磁吸着读者的眼目和心魂。它凝练、生动、丰富、充满张力、散逸韵味、蕴有生命，简洁而不散漫。

但应该指出的是，过度的简洁会损害语言氛围感，导致生硬而无灵动性、干瘪而空洞无物，使诗性彻底丧失；而散漫会使诗歌拖泥带水，冗繁芜杂，理趣湮没，使诗性索然寡味；晦涩和矫揉造作的表达也会难于理解、无法理喻，使诗中元素过于突兀、另类。

把握好语言的度，力避不合理、不谐和的介入导致诗歌形态与诗意构建产生矛盾和冲突，才能呈现诗歌之美。

语言的运用以及呈现的充分性、完美度，在于诗人熟谙并熟练把握语言技巧的能力。但不是说只懂语言技巧就功到自然成，还必须实质领悟到诗歌语言的生命意义，深入感悟词语释放隐喻功效的自由空间。

拙诗《在邯郸与李白相遇》开头是这么几句——

从酒杯里漾起月光　很有韵律地修炼成剑
那雪亮　闪耀邯郸春天的目光
击穿 1229 个年份漫长的光阴　达成

我们的相遇　玄然幻化为你飘飘的须髯

语言的完美度谈不上有多高，但它打通了一个历史隧道，焊接了一个古代和现代的场域，沟通了两个隐秘的世界，融汇了一个不能又从某种意义上可能的际遇。超级大的时空维度让语言有了较强的张力，而深远的认知维度让语言有了较大的丰富性。

尤其是首句，“从酒杯里漾起月光　很有韵律地修炼成剑”，塑造、推出了李白超然飘逸且似乎灵异神秘的诗仙形象。这个出场“亮相”，使读者一开始对其就有一个整体印象和充分认识。嗜酒、喜月、能诗、好道、擅剑，构成了李白人生的关键词，拙诗用符合并对应李白生性的“酒杯”“月光”“韵律”“修炼”“剑”这种多维意义的词语，概括其潇洒清逸、超凡脱俗的一生，佐以对生活和人生的通透体悟，传达了带有李白禀赋、才华、性情、襟怀等鲜明色彩的生命特质和精神风貌。

可以说，建构语言系统的关键词语，能够准确熔铸诗人的情感和生命体验，会有雕刻般的质感。

因此，不要远离对朴素、平常的词语的选择、组合，要让每首诗都通过词语的炼金术成为精品。

而且，诗人既要精通词语的选择、组合之类的技术细节，又要有写意、气韵、气质之类的审美特质，将诗歌技艺深深地融合到作品中，才能使诗歌具有极高的艺术性与审美性。

同时，要充分发挥语言想象，不必担心固有的现成价值，在语言中形象生成的思想才具备真正的价值。

有人说得好：好的诗歌往往在语言的实验性和公共性之

间的刀锋上行走，那么就必须使诗歌语言打破词语的身份界限，包括修辞、语义、节奏和逻辑，使之产生震撼人心的张力和冲击力。

作为中国诗人，一定要致力找回汉语的节奏、音质和神韵，努力恢复汉语奇妙的语感和情怀。

诗人大解说：“找到自己的语言方式，放松甚至是无差异的，让书面语言和言说达到统一，像说话一样写作。但是这样的语气仅仅是一种姿态，并不能构成个人的特异性，我更愿意放在放松甚至是躺平的语言方式中，从事物的表面入手，逮住那些陌生化的东西，还原其中就存在的神性。我说的神性，并不是简单地去处理宗教题材，而是从个人化的语言和气息中发挥出来的一种说不清道不明的味道。无论神性还是根性，都不用刻意去寻找，那些来自于传统、习俗、地域、历史、民族心理、语言、现实生活、人性、传说等等综合性元素早已根植于你的身体里，随着你的经历加深和加厚，最终构成你的精神底色，成为你的个人史。神性存在于读者的感知中，我仅仅是唤醒了你心中本来就有的东西，用燧石去点燃你心中的火海。因此，发光并击中你灵魂的是你自己，而我的语言只是天空中的一道裂缝。”

诗歌的语言打开诗性认知和诗性时空，不管哪一种维度和多少种维度，都能展现你的诗性情怀，“发光并击中你灵魂的是你自己”。

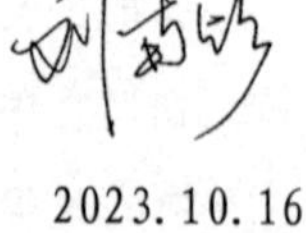

2023.10.16

目录

第一辑　致敬：从有限向无限可能延伸

第二辑　留真：凝碧眸子里闪耀的霞焰

第三辑 激扬：与横亘的时光比对漫长

第四辑　礼赞：以明媚召回古原的青春

第五辑　咏叹：能逆转大地命数的力量

第一辑

致敬：从有限向无限可能延伸

在邯郸与李白相遇

醉骑白花马，西走邯郸城。
扬鞭动柳色，写鞚春风生。
——〔唐〕李白《自广平乘醉走马
六十里至邯郸登城楼览古书怀》

从酒杯里漾起月光　很有韵律地修炼成剑
那雪亮　闪耀邯郸春天的目光
击穿 1229 个年份漫长的光阴　达成
我们的相遇　玄然幻化为你飘飘的须髯

我踮着 1980 年的脚跟　看你
足有丛台的高度了
而你　51 岁临邯的超长目光越过我的头顶
定格了诗旅的节点　剑舞的光闪
炼丹的光焰　岁月抹不掉的光斑
我充其量是一块太行山遗落在平原上的石头
不是敬亭山　你即使向身后看上一眼
也构不成相看两不厌

这不影响我以你的韵脚跑过道法自然
以你的剑法削出千里不留行的洒脱和超逸
以你的酒量斟酌侠义肝胆
以你的月光冲凉　消解我那些
你曾抽刀断水水更流的忧烦

你以剑作毫　把银质的月色
挥洒为乌亮的书道
上阳台悬起飞流直下三千尺的青莲逸翰
你以毫作剑　原来你最不堪一击
宫墙毕竟是一块大大的盾牌
你迈不过露华浓的春风槛

因此　你就经清漳　醉广平　登城楼好了
你就上洪波台　跻南亭　游罗敷潭好了
你就览胜高咏　宴饮赠诗　怀古颂雄好了
如今这些都属于我们大邯郸
都属于大邯郸明快的节奏
都属于韵味悠长的古今粘连
都属于我与你相遇的平台和机缘

会须一饮三百杯里　酒嗝呛掉多少圣贤
倚剑望玉关中　雪刃削去多少脑袋上的冠冕
愿接卢敖游太清时　清逸飘过多少月色和云烟

其实　这都与大唐盛世没有多大关系
有关的　是你的出现
是你在大唐盛世的出现
是你在 751 年春天的邯郸出现
是一种任何可能不可将可能的生活方式改变

我只与你讨论一笔挥下的韵律
虽能酣畅万古情　却未能与你金樽清酒斗十千
这些都不重要了　重要的是
你在邯郸的半年身影和诗篇
已成为邯郸的记忆　已成为邯郸的灵光和肌腱
当你乘舟将欲行　直挂云帆济沧海时
不只听到汪伦的踏歌声　不只在桃花潭岸
而是更在漳河边　滏阳河边　沁河边　洺河边

我还真忍不住想　你为什么非要远涉更远
举杯蹈水追月　留下绝句而沉没道法心传的剑?

1980.9.22

在邯郸与杜甫相遇

放荡齐赵间，裘马颇清狂。
春歌丛台上，冬猎青丘旁。
——〔唐〕杜甫《壮游》

踩着你的韵脚　无仄有平地穿过一些
你工工稳稳的格律　意外是削铁如泥的剑
击倒了一首首悲苦和沉郁
喷溅而出的血液　都是惊奇
在邯郸　一座数千年唯一不更名的城
你先于我到达　我吟哦着抽去时过境迁
就像抽去一首长诗里中间的句子
只剩下首联和尾联　精炼成超越时空的绝句
我竟然与你相遇
拿我的青涩与你的青春相遇

你不认识我　不知道我的存在
更不知道我知道你　不知道我在你的背后
瞩目你　不知道你接下来的行程　都是拗句
你没有回首正眼看我一下

更不会等我 1244 个年头　携手同登丛台
押上一个险韵　再肥马轻裘地踏歌而去

一骑掠过　足让我丢掉你怎么也拗救不了的
坎坷的人生路　真没想到啊
你也有过这么年轻
我惊叹于你曾经竟如此意气风发　竟如此
皂枥林中　云雪冈上　呼鹰逐兽
响亮得好像胡服骑射的一声鸣镝
活力四射得好像令一个燕赵都会把慷慨悲歌
化通阳光作为对你的赠与

其实　那时邯郸并不知道你
你不过是一个嫩质的入声闪进一首旷古的诗
你太年轻了　放荡齐赵间
似乎只为了让自己的大好年华一现而逝
你那时比我现在大不了几岁　登丛台放歌
律旋岱宗一览众山小的诗　让我荡胸生层云
感觉一种山鸟扑入我心灵和精神的决眦

其实　我才知道你是在省试中没押上韵
把首写坏的诗扔在脑后　以脚踪去齐赵抒写
大诗　才有了你一脚踏入邯郸的韵律
才有了一个饱尝精神折磨与凄苦之前的

为人间烟火留下节奏和色彩的旅者
为继往圣绝学而踽踽独行的浪子
人生何必只追求成功　又何尝不在每个阶段
活出一个自己？

你要是等等我　不去天地一沙鸥一样
飘飘何所似　不去丛菊两开他日泪
不去万里悲秋常作客　直接这时来到我家乡
我会邀你在丛台上把酒临风　对你说
凭什么人必须平平仄仄那么过
凭什么没有磨砺　我们的内心就不可能完整
凭什么面对你的年轻我的灵魂隐隐疼痛不已

然后　我们酒酣并辔
从唐朝飞蹄炮起　绝尘于远隔千年的晤期

1980.9.20

在邯郸与白居易相遇

邯郸驿里逢冬至，抱膝灯前影伴身。
想得家中夜深坐，还应说着远行人。
——〔唐〕白居易《邯郸冬至夜思家》

还没到冬至　没到大唐仅次于除夕的假期
我隔着 1176 载厚厚的灯光　仿佛听到
远道而来的寒意冻不住的孤寂
在邯郸驿舍里发出
一声声长恨绵绵无绝期的　琵琶的叹息

你 33 岁涉足古赵大地
显然还没有到备上红泥小火炉的闲适年纪
绿蚁新醅酒不是陈酿　也似乎被一个帝国
一饮而尽　剩下的滴滴
好像都是初恋只为用来怀念的诠释

我要尽地主之谊　也不用滏河大曲和丛台酒
仅从初秋的燥湿中　蒸馏　提炼些诗意
看能不能暖暖你抱膝灯前的孤影

看能不能啜一口你现实指向的家国记忆

都说你年纪轻轻　踏着古老的雪而来
上穷碧落下黄泉地寻遍了邯郸的大街小巷
目光一遍又一遍地忽略罗敷　阿娇
甚至卓文君　蔡文姬　以及所有的赵姬
没料到这目光　连同孤驿的灯光　所有的光
都指向寒冷　指向内心情感的暝色无边际

新任秘书校书郎　却暂不去编撰典籍
资历浅浅的年轻干部　却暂不安于履职
为了梦　就这样走进了痴情的历史
为了痴情　就这样打开了《长恨歌》的序曲
和深挚音域　从长安到符离　从符离到邯郸
追踪一位定情的女子　就像苦苦寻觅一个
美好的词　和声韵　和萦绕天地间的旋律

你痴迷着在你的新乐府中
晓畅明丽一种琴瑟相和而至纯至洁的韵致
却想得家中夜深坐仍不为你的爱情
签发通行证的家慈　在念叨你
你的本来要长过《琵琶行》和《长恨歌》的罕世绝唱
便只能成为了畏葸退缩的绝句
伟大的作品　是伟大的诗人毕其一生

都未完成的伟大的诗

一段感情可望不可即　有时不全是因为
自己在鸿沟此岸　乃至触底
你需要逾越的　恰恰是自己的峰极
错误的时间遇到了对的人　就是天造地设的
锥心之痛　就是竭尽全力也无能为力的悲戚
就是最美的韵押不进你的现实

此后　只有在琵琶语里　寄托你的身世遭际
只有在《长恨歌》里　思考人生的情痴
只有在年迈里　草率地修改小蛮腰们的青春
只有在自适里　向老妪请教非哲学命题
只有在清冷的日子里　才能与我惺惺相惜

一千多年了　冬至夜的灯光仍未烘干青衫湿
是什么更深邃了　至今潜入秋雨梧桐叶落时

1980.9.26

啼破隐晦

竹坞无尘水槛清，相思迢递隔重城。
秋阴不散霜飞晚，留得枯荷听雨声。
——〔唐〕李商隐《宿骆氏亭寄怀崔雍崔衮》

精心裁剪暗喻和意象　以巴山深夜的雨丝
缝纫迷彩服　迷到了西窗烛下
如此天衣无缝　不仅仅是唯美和纯粹

秋池已涨　转蓬常飞
没踩对雨点　却走在钢丝上
连湿透的庄生晓梦　都步步惊心

纵使蜡烛立意深刻而入精神内核　独自燃烧
可毕竟无根　浊泪始干之际
孤僻的杜鹃很难啼破隐晦　声声差点落韵

疏离　困顿　人生不会像用典那么贴切
际遇总会有造化弄人的拗句　推推敲敲
销愁斗几千　也斟酌不出万全的严谨

风格秾丽　紧掩着身心的褴褛　人世的破碎
无端　无奈　无力　诗作只好命名为无题
却造就了异样极致的美

似乎锦瑟不断声激溢满心灵隐隐作痛的池水
该要多少个凌云万丈才
以雨丝一样朴素的方法回归

1980.9.27

知乎水月

夜阑风静欲归时，
唯有一江明月碧琉璃。
——〔宋〕苏轼《虞美人·有美堂赠述古》

明月有念奴之娇　静悄悄从水调歌头里抽身
远离故垒西边　远离乱石穿空
远离惊涛拍岸

皆因卷起的千堆雪
比其还白　还寒

崖壁已经了然　仰脸而望
站在上面早生华发的苏东坡
头戴纶巾　手持的正是那一团明光光的
羽扇

被长江水呛过去的周公瑾和小乔
无关此时此地的风月
只有开悟　才能豁然徜徉天地之上的达观

大江东去　已浩荡为一种符号
知乎水月不在酒樽深浅　而在瞬变与无尽之间
浪花淘尽千古风流人物
还有千里之外故国神游的婵娟

还有多少江月　被苏东坡带出水面

1980.9.28

醉词赌韵

何须浅碧深红色，
自是花中第一流。
——〔宋〕李清照《鹧鸪天·桂花》

即使凄凄戚戚地寻觅不肯过江东的鬼雄
在南渡时也没有渡过
流淌的残酒　婉约的词风

欲说还休　人比黄花瘦
饮不尽绵软口味的愁绪
连叹息都婉转而疏隽　仿佛帘卷的酒嗝
仿佛东篱黄昏后　仿佛欲寄山河的
血泪的涌流

长短句短的是欢愉　不可能都是江河一样
长长地去丈量奔放千里的青春
曾经的晚霞落日下
划过绿水红莲　惊起一滩鸥鹭
都成了一场似水流年的沉醉

声声慢里　似曾相识的雁字锦书
已随痛失的金石器物是人非
离愁载不动的孤寂　冲刷
一阕世事的清规戒律　流经内心
真实和坦荡打湿了宋朝及其下游的晨昏

且瞥一眼词宗骚人　撇一下红唇
打马[①]跃过沉淀岁月的河水
情韵生动地活出自己　何惜赌上自己的命运

1980.9.29

① 打马：李清照嗜赌而发明的一种赌博方法，即现在的麻将前身。其著有《打马赋》。

目断关河

算平戎万里，功名本是，
真儒事、君知否。
——〔宋〕辛弃疾《水龙吟·
甲辰岁寿韩南涧尚书》

西江月下，青玉案上，处处都是关山
把不住
醉醺醺地挑灯看剑

望遍神州的热切目光与血刃九域的锋芒
碰撞　铿铿锵锵
落下气吞万里的词句
力透纸背　律动忧慨耸峙的边关
和烽火灼疼的千载万年

疆土难拓　抱负难展
而词境
顿开
八百里旌麾与狼毫雄浑在一起的虎啸风生

破阵子后　那一片五十弦翻塞外声的鹧鸪天

托物起兴的　似无残酷贪饕和奸赃狼藉
风波一再借古伤今
青山遮都遮不住
毕竟东流去的清江水
浩荡不断

蓦然回首　一路金戈铁马的韵律
一番遭贬的折戟沉沙　一声退隐山林的啸叹
都在卷帙展开的灯火阑珊处闪现

1980.9.30

梦断关山

早岁那知世事艰，
中原北望气如山。
——〔宋〕陆游《书愤》

黄縢酒的饮恨泛滥到梦境里
都是起承转合的风云舒卷

破碎的内心　破碎的山河
时时随铁马冰河呼啸而来　奔涌而下
三更抚枕忽大叫　收复中原

在驿外断桥边折一枝梅
都要从平生万里心里献上生命浓郁的祭奠

关河怎能冷落一腔雄奇和深远
一股逸气常常冲出肺腑　冲激襟抱
冲破梦的边缘　在诗韵的巍峨上横戈舞剑

豪放比李白精致收敛　沉郁与杜甫同怀
是什么让僵卧孤村不自哀的柔情铁汉梦断

1980.9.30

大海长啸

有时清晨醒来，连我的灵魂也是湿的。
海远远地发声，回响。
——［智利］聂鲁达《在此我爱你》

一个大陆舌吻海洋　激情澎湃你的灵魂
传奇般波诡云谲的壮阔
潮涌你漫歌着　一级级攀登上马楚·比楚高峰
触摸星辰

荡漾不已的荷尔蒙　发出超越现实的
烂漫粗重的喘息　沉雄浑厚的嗓音
一个浪一个浪自然奔放
冒出突如其来的银色浪花
朵朵都盛放二十瓣心香和神韵

啸叫着　冲决大陆的壁垒　跟世界说
没有一首绝望的歌　是喝干大海前的呻吟

绿色墨水激荡的洋流　有着雨点一样

从天空坠落到大海的倔强
也有着火苗一样　在海面上的狂躁和孤独
更能从大地的居所中　翻阅死亡的辞典
推涌时代的浪潮和风云

你历尽沧桑　不过是洗了洗泡泡浴
唱着船长之歌　卸下葡萄园和风
倾听大海的战鼓和呼啸　是如何
拍打　并复苏不仅一个大陆的梦想和命运

1980.12.16

大海饮日

沐着阳光的波浪
使眼睛苏醒
——［希腊］埃利蒂斯《爱琴海》

太阳是爱琴海歌手　爱琴海是饮日诗人
你是太阳和大海的结晶　一粒
熠熠生辉的盐
一个融天空　云帆　岛屿　大理石碑
无花果和橄榄树为一体浑然的神奇
一串意象瑰丽的新词妙语　一缕吞吐风云
吞吐天地和合的音韵

弹着七彩光弦　韵律宇宙内在的秘密
倾泻金色的灵魂
看夏天的躯体伸展辽阔　从疯狂的石榴树上
解缆　撑起疯狂又疯狂的船
在海面上画下花押字　方向已经调准
理所当然地把一排排海浪
推涌出一行行赞美诗　去嗅薰衣草的香味

一份献礼　不是捡拾古老海滩上的贝壳
而是重新采用那种制造神的方法
对太阳　大海和爱的提纯
同时高唱英雄挽歌　在太阳最早居留的地方
在光弦上波涛汹涌的地方　在陆地与海洋
热吻的地方　远远地　发出回声
从现实向无限可能　延伸

你溶融了天外飞来的联想和诡秘的隐喻
眼中的世界被重新创造
畅饮明朗与清澈的本真
炙手可热的金轮　冷隽而辉煌的神秘之果
以潜意识的解放和全能的想象
碾压而来　然后
看浪花迸溅成星辰

1980.12.18

放逐冰封

让我从真实或想象的负罪中解脱，
让我确信，我艰难地跋涉是为了您的荣光。
——［芬兰］米沃什《祈祷者》

在冰封的日子破冰而出
被禁锢的头脑　碎裂如那个冰冷的世界
那些冬日钟声里腹背受浮冰夹击的晨昏
一块块好像摆不脱的胎记
你穷尽一生　无法消除
也无处安放漂泊的灵魂

直到残酷和庸俗翻腾一切事物的底层
你依然保持思考和行为以及词语的独立性
直面　激荡自己的深沉
感受最本源的
追求和疑问

抽刀断不了水　就自我放逐
放逐混乱和虚无的顺水漂流

放逐绕不开自我诘问的沉沦
哪怕比经受被冻裂的痛楚和磨难
都更加撕裂内心

而你　毅然站在人的一边
溜冰离岸　释怀飞身　水汽一样蒸发为云
有着飘浮之轻以吨级论的云
在天空写下　拯救
荒诞之年紧紧地怀抱噤若寒蝉的
理想和信念的醒世文本

你在诗意人格中　不过分追求诗意
就像不事张扬的流水自然冲刷掉修饰和浮华
没什么想占为己有　也没任何人值得深怨
冻不住的诗的节奏跳荡炼金术与灵修的波纹
而且一直让
超越浪头的精神　寻找具体到一滴水的化身

1980.12.20

狂野行世

不羁的心灵萌发的永恒精神！
自由啊，你在地牢里光芒万丈！
——［英］拜伦《咏锡荣堡》

踩得现实哇哇大叫　偏偏是跛脚
用行动狂野地踏疼人世

好像血肉之躯收拢不了的满腔热血
只有从缺陷处喷溅
才能灌注为深深浅浅的足迹

恰尔德·哈罗尔德和唐·璜在你的足迹上
跳宕而出　放荡不羁

似乎对朝觐的渴望无法满足
便带着你的韵律
以对个人尊严和意志自由的坚持为行止

他们很有节奏地复习你的躁动

爆裂孤独　忧郁和痛苦　挥霍孤傲和叛逆
把愤世和嫉恶为你疗补裸足的缺失

去蹬　去延伸没有出路的道路
去展示极度自我迷恋的行为艺术
比至情至性的暴雨　都淋漓尽致

你跛得嚣张　行动得疯狂
一直用天纵之才确认自己

一个个趔趄跛出的有趣灵魂
铿锵地　昂首阔步一个时代
浪漫地　在一次国葬前的大雨中超脱于世

1980.12.22

苦碟子：拟花木兰

对蓝天之镜　贴上花黄
好像不必坐西阁床

随意坐在一个地方就好
比如荒地　比如草坡　比如水岸　比如路边
比如那段矮墙下　比如那座槐荫遮覆的屋旁

花木兰这虚拟的美　比卧枝的残雪还要苍白
没必要冠在头上
其实名字很土　土得风一吹
啪嗒就掉落一地　尽管有一股淡香
吓得黄土地的脸面　刹那间
即草色入帘青的那种模样

一世英名也不掩其苦　苦得黄土地一口一口
倾吐出来　黄胆汁涂满了自然的胸膛
一种爱披肝沥胆
让人世清热解毒　连尘埃都要呕出衷肠

苦碟子啊关山度若飞之后

从不叫苦　只在春夏交接手续时
一个劲儿出示耀眼的明煌
一遍遍喊出一片片又一片片属于自己的原乡

1980.5.5

蒲公英：拟穆桂英

太痴情了　连媒人都不用
黄花女子直擒东风　心甘情愿地与之偕肩
戎马倥偬一生

诠释黄金级的唯美武力值
从灿黄到飘霜　啖一口风寒或硝烟
在场域不说什么天授神箭
在人世不说什么转世的熠熠闪耀的九女星
只苍莽的原上草虚构的绿色族谱里
绰约而出的风姿　香透了北方冻凝的天空

一片义无反顾的飞香　飞出香桂花丛
冲出穆柯寨　掠过辕门　在关山雉堞上
随风而走　而风　驰马天地的呼吸
一蹄风烟漫卷家国情怀
漫卷毫不退缩和赢
漫卷无上的荣耀和无限的伤痛

身世飘摇　内心坚定

给命运一次次机会
只为把一面面杏黄旗覆盖平原　插上山顶

1980.5.7

梨花：拟樊梨花

虬枝挺出篱笆　一杆遒劲的凤嘴梨花枪
一挥　大雪纷纷
九凤朝阳刀寒光闪闪　香色落影追魂

率领大雪奔袭的兵马大元帅
鹤氅飘飘　立马于山舞银蛇和原驰蜡象之上
取关击藩　岂只大破一个金光阵

嫁给大雪的人　一骑东风
让西凉不凉　手弹箜篌　口吹筚篥
圆毯上旋转腾踏　飞扬素裹白裙

千朵万朵的唐风唐韵
运筹天地　帷幄素洁
层层叠叠加封着不落俗媚的镇国一品夫人

而覆盖不了一场场深沟巨壑的构陷
覆盖不了纯粹家族的劫难和血
也覆盖不了压在心底难以消融的叩问

不能使自己的委屈苍白天下
春盛花繁之后　谢过风尘　簪在青华宫里
隐忍　度化　烟消了血滴点向花蕊和香痕

1980.5.8

梅花：拟梁红玉

风卷雪漫　祖辈的血溅上铁枝
红梅明艳了山川

一柄映霞剑斩断风尘
红萼出落得风姿焕然
一缕来自苦寒的香一夜疾驰数百里
马蹄香远益清　踏醒江山　踏碎背叛
一滴翰墨在会挽强弓的玉腕下
为一种血色黄昏书丹

夕阳滚落在南宋的池头
意外地绽出映红青史的花瓣

红妆翠袖的往事灿烂
折一高风峻节的风骨作桴
擂击黄天荡的鼓面　都是历久弥新的声浪喧天
却怎么都擂不响当朝的怯懦和短见
怎么都擂不转山河的破碎和偏安
怎么都擂不去精忠报国的零落和沉冤

到梅园去　比血溅疆场　比血浸帝国的暮色
更能寄一枝血液染红的人间的心愿？

1980.5.10

年少记事：烟与夜思

蓬头垢面的茅屋　一颗低沉的头颅
烟雾多像一团瑞脑
困惑地翻卷　执着地缭绕
假如要拍张照片　人是梦中的山巅
可否洗清回光耀眼明的夕照　灵魂的返照

你一根一根地抽烟　眼睛一如烟头那么
红烧　眼眵积似烟灰
你视而不见　仿佛一无挂碍
只是要吸尽夜色似的　使劲地抽着
任它自己颓然落草

我已经习以为常　甚至习惯了在夜色中
嚓一声为你划火点烟
看一霎的红光闪耀
记得最初一举曾烧焦了你的胡茬
不过那一次　你第一次喜上眉梢

也是那一次　我才意识到你以前从来不笑
你的思虑比所有的夜深　比一缕烟长

你是陷于自己烟雾弥漫的思虑　还是困顿于
思虑填充的草寮
你什么也没说　只有草寮里的烟知道

不谙世事的少年　更无逆天改命的思考
我托着失去红晕的小脸盯着窗棂
哎哎　谁把东方的天空灼出一洞白亮
那是什么
在夜的烟蒂上　燃烧

1980.11.9

年少记事：墙照上的目光

老屋烟熏火燎的墙壁上　挂着你的肖像
炯炯的目光　烛照天南
与日光月辉交映　照着旷野一个隆堆
那里珍藏着你真实的底片

目光完成了对墙壁的镶嵌
又从墙壁出发　越过老槐树的翘首以盼
越过一片苘麻在坑洼处的一意遮覆
越过一蓬抓地秧尴尬地在风中凌乱
越过太阳怀有对至暗时刻的愧疚
没入成长之地的眷恋

你是被强行带入坟墓　还是主动
敲开地狱的大门　这与墙壁上的照片无关
你轻松了　又承受着堆土的沉重
穷尽一生　是否找到的人生答案坟一样圆满

而显然　从此岸到彼岸　从这里到那里
从上到下　从外到内　只是一种方程
无论这种方程易开与难解

对于你来说　真正的答案是没有答案

其中的悲欢　都是涂粉在墙壁皱纹上的熏烟
都是瞻仰的伤情和怀念
都是墙照的目光依然既审慎又温和地带笑看

1980.8.14

年少记事：耕耘大地的人走进大地

从柳如举绿幡　深掩一座比日斑还小的坟
遮不住坟里一个地核一样的灵魂

坟外泣泪如雨　洗不掉他眠床上的尘土
一遍遍央求他安息　有一种告慰是预支喜讯

先人可能在地底深处翻身　拽着他长相厮守
叮咛他放下立命　只惜一袭敛衾

谁都知道　失去的生命是追不回的马
奔向无法转向的悬崖　而嘶鸣在天地间萦回

夜晚降临　多少人看见有人在挑灯御风游走
多少人就会想到是他依然在旷野逡巡

多少人听见耕机隆隆翻耕夜色
多少人耳鼓里就叩击着他和大地谈心的声音

耕耘大地的人走进大地　播撒不死的灵魂
风拨柳枝　阳光常常温煦地轻叩沉实的墓门

1980.8.14

母亲的鱼尾纹摇动着

怎么看　母亲的鱼尾纹摇动着岁月沧桑
铆足劲都想游过一条条褶皱
摇到儿子的婚宴上

啜一口蜜酒　每个气泡都是
比日月超值的奖赏
不惜望断秋水　不惜泅渡一生时光

涉过太阳罹患的白内障　游入
儿子的泪光里上涨的河流
与河流弦歌不辍的　原野上的空旷

1980.8.11

第二辑

留真：凝碧眸子里闪耀的霞焰

你秋高气爽

你秋高气爽　比对古城深情厚意的沁河水
轻巧灵动　自然流畅
洋溢的激情冲淡了薄凉

调节内心的温差　从清寒里析出风韵提炼风骨
纤手捏着一片秋阳　让南下的冷空气
只能轻喟　叹服　嘘出命运斑斓的景象

令古城花开四季的成语典故黯然失色
你不落俗套的芳香型盈盈笑意
从不霜降

我被尘埃呛得灰头土脸的神经
一如来时路　还没绕过坎坷曲线
便豁然贯通　豁亮　宽广

在你远超秋天的明朗里
在楼群的云峰空谷之中　在露白蒹葭之外
默诵　溯游从之　宛在水中央

像风一样　撕扯下高挂树上的
一叶叶发黄的日历
把漂泊的灵魂　翻得哗哗作响

1980.8.21

光在明媚地穿过花瓣

光在明媚地穿过花瓣　声音沙哑得如此直接
纯粹和鲜艳　我的灵魂一瓣瓣陷落于陶醉
晨曦一看　都是金色的箦片

你的光芒在大提琴和小提琴上定弦
很安静　又散逸一丝丝浪漫
拂心而过的柔风　熨帖天空的纯蓝
早把我的疲惫或躁动　沉入看不见的涡旋

为不让你卷入更大的涡旋　我与黑洞抗衡
吸收你的能量　必以辐射能或热能再度释放
穷尽一生　都不消减

尽管你投下那么多目光　也没有看透人间
我仍要凝聚所有的叶绿素　过滤心音
让你收不走你眸子里的霞焰
每每的光合作用　在和弦上点燃人世的斑斓

1980.9.16

内心怀揣火焰

内心怀揣火焰　我迟缓如夏日
难熬在春秋之间而沉默寡言
甚至　用雨水浇息风雷的喧嚷和闪电的目眩

你在秋天的深处等我
不瞅一眼冬寒即临的酷意　只用月光和暗香
浮动我的来路和归途　一意冷落群山

人间的烟火或明或暗
你的惦念不凉　关爱不枯
十月里让我的一树想象结下火红的情缘

拾级而上的冷艳　楼梯上的优雅转身
站在高处的嫣然一笑　使秋色闪回春暖
记载时光的书简宁愿掉入火焰

1980.8.21

你以怜悯之心

你以怜悯之心　融我入浩茫
晚霞密织的黄昏似的　不甚明朗
我不敢像秋色那样吐露渐渐长熟的果实
你缓缓垂下眼睑　收敛明眸中的霞焰
拖着瘦长的影子

悬铃木列队如仪　还在中华大街上
荫蔽着人流不息　望岭西路尽头的隘口
已吞噬了铃声
我掩耳盗铃　行走于世

星空扑闪着眼睛走来　疑惑或好奇
已盈溢我和人世的谜底

我想告诉你　北斗星转动银勺
盛满我的迷恋　又让我从迷乱的烁动里
不致迷失　脚下渐被尘埃和夜色覆盖的足迹
依然印证着头顶的神明　不露声色地朝向你

徒生悲凉是人世忽略的留白

我想狠命抓住点什么　满手都是
悬铃木的无语　岭岗恩宠的隐隐的云霓
悲喜自度　脚下的路
仿佛你嗓音沙哑的银河系

1980.8.22

炎凉已拉开距离

炎凉已拉开距离　我们仍时光一样一如既往
一前一后　走在不显山露水的晨昏

你走入秋天　足下秋光生辉
我还在夏天的余烬上　内心独自烧灼
尽管如此　一种莫名其妙的预期
也没有像放映的电影胶片那样卡顿

你也没有看到我的影子仰望我
且紧随我踽步而进

我坚执不认　脚下的陵西大街
会通向长长的谶语
路过的雁鸣　让秋风打了几个喷嚏
夕阳气红的脸上不掩怨嗔

其实　你只是款款地走着
没有在季节上停留　可能如秋色漫不经心

似乎缺少对一朵燃烧的金菊细问

而我　还抓住夏天的纤尾结绳记事
沉吟着
为一树红枣点圆秋心　为一种鸟语押韵

1980.8.22

阔叶再阔

阔叶再阔　也覆盖不了来时路的沧桑
叶柄长长的望岭西路
伸颈遥望的叶片　都是脉络清晰的山岗

深秋怏怏不乐寓居的杨树
抖落一片片时光
山岗一样沉重的喘息层层叠叠
堆积在我的心上

而你　连严厉的风都无可挑剔
行云流水穿过四十八间红砖楼
依然在为一种盎然绿意　击节鼓掌

更多时候是比阔叶还阔的华北平原
旋落在太行山以东的　一个沙哑回响
这个世界真大　穿过它的
是你的古道热肠

1980.8.23

你走在我前面

你走在我前面　轻盈地踩着秋天深长的呼吸
路把我们拉长为过江之鲫
一条横贯时光的河　从脚下涌至尘世

落叶飘荡着　没有人为之挥楫
微醺的路灯不是船夫　只僵立着斟满浊黄
覆杯洒了一路酒渍

你的目光是清醒的　避开心醉神迷的
呼啸而去的汽笛　依然
骄傲得像星光闪烁的理智

执拗的是细密的心灵之光　不停地向前
探秘引领和追随的步履　在通过秋天的路上
汇聚同行　一波一波　奔涌不息

1980.8.24

落叶飘黄

落叶飘黄　曾把绿色的蓬勃系在树端
把一片片热望付诸蓝天　何曾想
这一只只断线的风筝　一翅翅离群的斑头雁
一页页风中的信笺　飘落　旋转　飞身成殇

化通一声叹息　在地上溜溜达达
任怎么也无法安然进入梦乡
铺一层黄金给甬道　慷慨地遭踏受践
邻家的女孩　怎么看不到你的玉足在哪徜徉

难道你丝毫不想夹一叶尚带青气的书签
难道你真的无视一片思恋腐殖成壤
难道你只让遗憾沿屈了又屈伸了又伸的根须
独自简单地重回来春的树巅之上

一条条根须虬髯苍苍　在深不可及的厚望里
紧紧抓住从高处零落的感伤
你的无动于衷　在飘黄之舞中
成就了秋天迫不及待的道场

1980.7.11

多年以后

多年以后　最接近神的杨树
相信仍高挑地坚守在小红楼前　仍足踏碎石
手触星辰　仍从神谕的高处
仍从蕴积的你的笑声里　变幻出寄给我们的
绿意盎然的明信片

而寄寓的鸟儿　可能是无可回头的箭
散乱的羽毛　在霰弹花开中
随着枝条抓不住的枯黄翻转
我要对你说的话　在心里回溯千里万里产卵
应当不会像从树枝间过滤的月光一样搁浅

又是秋天　饮一杯秋凉　啖一口远方之远
伫立　仰望　前年你给我拓展的星空
依然在为远望山岭的杨树当伞
遮护栖息的鸟鸣　和敛翅卧枝的月亮
更呵护一个挂在杨树上凝碧的心愿

1980.8.25

思忆与暮霭不谋而合

思忆与暮霭不谋而合　解析一种渴盼
像脉络清晰的叶子　举手搭在树的额头上
怅望远天　你怎么还不飞还

天凉了　有理由担心你是否已经羽翼丰满
那一根根白翎　是否能够剪去
沿途的风雨　和虚无频袭的寒战

应该还记得一粒你曾留在这里的
活色生香的种子　它在苦苦地等待
你行囊中的那一啜清泉

暮色四合中　树已搁下枝枝杈杈的世事纷繁
张开痴情挺出万般钟爱　就要给你一个青眼
凝碧你眸子里闪耀的霞焰

1980.9.5

与白云语

我不愿用情丝拴住你　看你和风一起撒野
只能暗喟追不上你　浊重的呼吸
直接造成了我的爱情连连气喘

在别人眼里　你飘荡湿漉漉的情感
冒冒失失　撞上了我的鼻尖
而我　总看到你顽皮地悠然而去
垂下雨帘伸伸懒腰　轻轻
打了一个清润的哈欠

云雀从茵陈蒿丛里拍翅而出的鸣叫
就像我对你的爱　在薰衣草上发紫
一种郁香日日夜夜　浓浓地积郁在我的唇边
一句内心风起云涌的话　不像你
沛然而下的雨
在至高无上的翠微间瀑悬

我只好混迹于那些蓝喉歌鸲
在旱莲草里自我锁喉　徒徒地
看着你

跑过这个山头　又跑向另一个山巅
一头把夕阳牴下悬崖
自己踮得连影子也看不见

我不管你了　我无法牵上地平线
黄昏拎着炊烟　超似挥着长长的牧鞭
撩起又放下　没有藤缠蛇结　没有脆响
没有危言耸听的驱赶
一遍遍　就像我缭绕不去的思念

转眼你玄然出现在我面前　真真的白羊
反刍纯粹的乡土味道　温顺着柔曼的悠闲
优雅地　卧在河水边的草滩

1980.8.20

月 夜

鸟翅忽然剪碎枣叶蜡质的喧嚷　怎能剪断
明月挂在窗前的思念

煤油灯的光焰淡雅了青青的枣香味月色
一次次噗噗地跳动　一阵阵跃跃欲试地探看
一朵朵重复春天细密嫩黄的花瓣

又一遍遍瞅着明月嗫嚅——
你不动声色　嫌没嫌我如此黯淡

1980.7.10

望岭路上

撩发抿唇一笑　连满头秀发都那么风情万种
你让我迷醉至深
而一箭之遥的插箭岭上　奇幻的夕阳
像荊棘扯着的一滴泪
望岭路恍惚是这滴泪淌下的
一条小溪　我蹚过去无异于大江巨川
飞流直下　波浪滚滚

心灵的门扉过早地为龙钟的时代叩开
步履依然被苍苍的白发缠绕
举步迈不过门槛
蹒跚的是　忧思沉沉
揣着你的微笑　走向铁路以西
远方的声音渐次迫近　又倏然而过
汽笛似乎无站可停　转瞬
是烟　是云

原野摊开旱季　龟裂我蓬勃的枯黄
依然保持着向远的同频共振
不管走多远　我都会铺就锃亮的铁轨

承载你的神韵
你说我怀揣一腔炉火
往往把刚铸就的　丢入冷水
你诘问：这样能使头脑清晰　保持钢的成分？
冷峻固然需要　活着就不需要千百度的热忱？

一时间插箭岭的阳光金矢连飞
梳妆台前你秀发纷披　你的微笑展开大魅
望岭路上　通向峰顶的
是你的一列声音　在提速　由远而近——
让我在你冷峻的眉宇下看到你的青春
让你的眼睛滚动起似朝阳的火轮
让你的感情的浪涛冲决一切堤圩

1980.7.11

夜晚独步旷野

也许夜晚担心出现纰漏　便柔手捂天
田野四处不见　如锅盖笼罩箅子
五谷焖熟的幽香
直让我闻出的就是
隐在旷野锅台上的蟋蟀此起彼伏的沁凉轻唤

我恍惚听到了沙砾上的波音　在旷野上萦回
萦回遥远的古城　萦回遥远的思念
萦回在日光灯下身影的绰约
萦回临风玉树
拂我鬓发　扯我曾裹着古城风的杏黄色衬衫

我能感觉你千里之外　抚弦触到大地的心跳
应和着蟋蟀之歌
邀约银河浪甩着发辫
来到我的家乡　把干涸的漳河故滩
激得情绪泛滥

星光似乎不忍惊扰　躲躲闪闪
只与芨芨草上的清露会心地相视缄言

就是为了让一种声音抵达你：请你确认
在端坐旷野上的夜晚
没有想象力抵达不到的空间

而在高粱和玉米高挑的身下
抓地秧紧紧地
抓住水土的交融　抓住湿润的泥土香
抓住地脉深处火与岩的淬炼
却抓不住无缝不入的城乡夜晚

我看不到却能感觉到的一些藤蔓不愿解开
自己的情结　可着劲儿伸展触须　蔓延
仿佛对着星空喃喃
压抑　疑虑与追求永无止境
来到旷野　却能从征兆和奇迹上攀越虚幻

我想对你说　夜晚的画面脱离了很多情节
比如虐心甚至反胃的云　避免了
狰狞的面目在视野里出现
从而删除了
我们的微妙感觉纷乱

你来吧　来我这里
最好是不仅看看　而是融入旷野

拥有每一个夜晚
纵使深夜不知隐藏了多少花的娇艳和俊美
也拒绝遮住缕缕清芬　与内心辽阔地舒展

1980.7.13

露珠在我心里转身

仿佛一触你的体温　就听到踩碎落叶的声音
仿佛一烛照你的晶莹　就看到
消散遁形中生离死别的疼心

缩回手　且反转把太阳浸在海里深藏
把自己隐在夜晚辗转　把风甩在地上蹂躏
把星光请来伴你度过不眠之夜　整宿窃窃私语
把你放在绿叶上　凝成我的血珠由内伤确认

征用紫色的阴影和葱郁的炎凉作垫
供你坐在植物的泪上　最好就是
枕着萋萋菜和燕子苗的叶子　让我
能感受到你的清辉
时光太过仓促　人太过纠结
我暗下决心　要带你穿越沧海桑田　烟波沙尘

多想看你的笑莹澈甘甜　灵活颖动　自由自在
深情的眸子俯眄流溪　随意都是瀼瀼与涔涔
你自带的香气不同于那些玫瑰
你在我心里莹润　总那么优雅地转身

1980.7.14

池上午阳

控制我的　知我深浅
处于高维空间　距那么多光年都令我晕眩

你最能窥见我的内心　我不过是
你在低维世界的投影
我的能量波　什么时候能把你的心溢满

1980.7.20

我追求但不乞求

任矜持束缚手脚　任怯惧一点点噬咬心灵
任羞怯在脸上抓扯出道道皱纹

穿越内心的迷津　透过泪眼蒙眬
沿着你的足印狂奔
而膝盖上的血　是生命的流泗
我不能让它积瘀地上　耻染大地至亲

即使我爱你的心　像重磅炸弹碎片横飞
也要飞进晨曦的绮丽奇伟
像水莲　像玫瑰　绽放你的馨香
纵使足板的血　灼热地吻向荒漠边陲

1980.7.29

孤灯舔舐月色

孤灯舔舐月色和内心的感伤
噗的一闪　被风偷走一些思念和时光

在低矮的房屋里　烟雾缭绕一个幻想
月上临窗垂目的人　你的心弦
触响的肯定不是灯光的苍凉

透析时间的骨骼　清奇如珠泪的液晶
如蜂蜜的密码　最不确定和缺失的部分
绝不在灯和月交汇的视线上

穿针引线的光　再微弱再渺茫
也执拗地把织锦挂上尘封的门窗

1980.8.11

夜 别

每当告别的时候　你的眸子总闪着清光
这使我想起
在故乡的深夜里
手电的光束扫描门前幽深的池塘

白鹅从深眠里显影
嘎嘎之鸣
突然就能把碧水中的星星叫亮

岸柳轻垂浓密的长发
一个蝴蝶结　飘然栖落
像那方池塘一样清澈的小小纱窗

我看来若无其事　甚至冷若冰霜
其实内心慌乱得早已分辨不出
这是在古城望岭路的小楼上　还是
在自己遥远的故乡

我们终没有话说　一切就这么沉潜于池水
粼粼的波光　轻漾的星辰　明丽的目光

白鹅的悠然转身　款款而行
似乎是来自穿越里对你此时的模仿

可我一遍遍追摹不好
你远去的倩影
徒自探测池塘中深奥又透明的穹苍

1980.11.9

夜 月

还未见白雪覆盖的坚实世界
我披一身初冬洁净的月色
日渐天寒　树枝想感受真切至柔的温馨
要褪去绿色的手套　裸手抓住一袭白光
可手掌心里
依然稳攥着来自春天疲惫的金叶

瑟瑟战栗　迫使我寻求温暖
冷静的夜月啊　谁愿与你告别
深沉氤氲于这无边的空旷　仿佛能感知
月色丝丝的疼痛
索寞渗出期待和呼唤
翻滚热血

我终未遗弃一切无望的努力
挟持倦意　望着灯火明灭
不愿把寻求的目光向别处扫描
任时间灰色的指针　沉重地
拨动我的血脉
指向圣明的皎洁

锃亮的手表　也许是一副手铐
戴在夜空的腕上　嘀嘀嗒嗒　丁零当啷
越是焦躁地活动越是铐得紧迫
雪纺材质的月光　偏有些不那么清爽透气了
我的矜持与从容淌为一地流沙
一片飞屑　一声呜咽

繁星消隐　银河也没有留下浅浅的车辙
远方的汽笛像凄厉的枪声
不知在宣判什么命运的最后时刻
往事如烟已不堪再回首
月如疤痕
覆盖了灵魂的大雪

地平线天平似的衡量着谁的身重
看看什么旋升到月亮的宫阙
一切都不重要了　重要的是
捡起大树枝叶筛下的月光　一件碎花连衣裙
奉还给依然令人感恩的夜月
月色肃穆　像乐曲加深了我的缄默

橘色之影在树冠下飞舞　我闻到了
树根痴痴抓住梦想的苦涩
没有月光　谁都知道今夜照样被黑暗吞没

我还是不能拔脚于这土地　我必须
获得立足银色天下的资格
化影于月　为坚实的信念捐献自己的一切

1980.12.2

第三辑

激扬：与横亘的时光比对漫长

走了的河没带走涛声

一

躺在你怀里　恍惚间大水漫过头顶

摆渡我灵魂的　是不是胡子比河水都长的艄公
他早已波澜不惊
蚌壳似的打开自己　又关闭了身后的沉浮
大水冲走了他像木桨一样瘦长的身影

大水转身也走了
带着自己更加长长的影子
一去不回　似乎连坐标和记忆都交给了风
把艄公的身骨交给了原野
岸南的沙碱薄地
沉埋了涛声

涛声常常冲决梦堤循踪而来
我在意念的河水里
以己为桨
拍击死亡干瘪凹陷的身躯

搅动黄沙溃疡的伤口　大地结痂的疤痕
深入大水早已消逝的疼痛

我藏身于忘川里　披金沥沙
一遍遍地冲洗
尽可能多地成像一些底片　还原
你曾经的激情
以及艄公击水飞溅而出的浪花白翎

二

一改往日嚣张和野蛮的态度
你把飞云和打湿的翅膀
还有星月和雷霆
毫不拖泥带水地　交还天空

似乎在战略耐心耗尽之后
亮出自己的底牌
再也不叮嘱舟楫怎样渡过人生

怀揣“天不渡人　人须自渡”的信条
留下银河级的荒诞　带着水族甩袖走天涯
跟艄公都不打一声招呼
滴水不漏地随性远行

干涸的故道如一张纸条在风中无力飘动

我沿着上面的空址　寻找从高纬度迤逦而下
且一意酣畅淋漓的神
像沿着一条空巷不停地询问
是谁使代代艄公的大水谣　变得空旷和安静

你无远不至　只认距离和方向
仿佛找一个空间独自创造一个流域
只为让精湿的思考舔舐一些事情
我知道　你从洪荒上古时期就这么干了
大水荡荡怀山襄陵
即使潜行　也依然漫过人类的头顶

三

如今仍有很多人向我描述　你是个浪漫精灵
曲线分明　性感无比却让大地不寒而栗
以居高临下的姿态
大声喧哗着流韵飞扬的风姿
招惹温和的月光日影　深入你的生命你的灵魂
你惊涛拍岸　把它们拍得乱石穿空

摆布过往或将要过往的事物　你肆意妄为

到了一定时候将一切弃之不顾
悄无声息　独自扭腰摆臀地一走了之
好像自证了自己的水性杨花
对什么都没有灌注和涌动任何感情

真的流水无情吗　在河床上的沙砾和蚌壳上
我找到了你原始的生平
从山岩上呱呱坠地
在山坳里跳宕而出
总发出稚嫩而无拘无束的笑声

越上石矶而足不点苔　更不双手合十打坐
瞬时跳下来
扔下自己溅起的银色花朵和摇响的银铃
拐弯抹角去捉朝霞暮霭　兽叫鸟鸣
扯下身边的花草和岩树做自己的头饰
尽显风流狂放的天性

四

你把千寻的落差当成儿戏
把带棱的石头揉搓为卵圆玉润
把践约的雪融化　把追逐的云打湿
把雷击的火焰视为枯木上的灵芝

怀揣着银鲢锦鲤和流量灌注的流年
打着漩涡也不回头　尽管对过往情深义重

除了在悬瀑成帷的黑龙潭里深刻一下
更多的时候　你跳出窠臼
不去循规蹈矩地生活
不被动接受命运的安排　不固步自封活在过去
而大汗淋漓地书写自己的长篇叙事展开生动

有时从峭岩摔下也哗哗流泪　哭了半天
打个滚儿爬起来继续赶路　不允许自己矫情

我不反感你内心湿淋淋的脆弱　也感叹
你临崖而跳　义无反顾地决绝是向死而生
更羡慕你一向口吐莲花
不停地动情絮语　为达到动感的效果
一再强调线性流动的变化
又很专注　把时间和同行者集中到一条线上
让所有的事情朝一个方向汇合　积累　溶融

穿一袭灌满长风的衣袍
猎猎响彻头上和身后的天空

五

身处冷漠和寂寥之地　不在意阴鸷的目光
和血雨腥风　你无视别人的看法
一直在动　在忙着自己的事
显然没有顾及大山高耸的沉默和静止
没有从脸色铁青的巉岩上　看出什么是狰狞

被霸凌的峭壁设陷　被傲岸的叠嶂排挤
被嶙峋的怪石敌对　被杂牌的荆棘伤害
被妖艳的野花谄媚　被葱郁的松榛利用
而你好像认为逆境和惨痛的遭遇成就了自己
在夹缝中生存　血和泪流淌的曲折发展史
似乎一直远离风平浪静

你闪转腾挪　一个居无定所的民族
总是迁徙　总是跋涉千里寻找新的家园
是不是只为求生

我能体会你的委屈　你内心血淋淋的疼
却不明白
你以粼粼波光把黑暗藏在你的深水里
你不捐细流　却泥沙俱下
你为大山喝彩　却左冲右突背离大山

你逃出虎狼的吞噬　却躲不过自己的消减
竟然还是那么谈笑风生　那么一意向前奔腾
那么急急匆匆　又从从容容

六

一切决定了你必须走出一个
有声有色有温度的自己
这一走
走向辽阔　走向奔放　走向旷达
不羁的灵魂　在深度和长度上更加异彩纷呈

思想意识从狭隘自闭的观念中奔泄而出
你一路跌跌撞撞　闯关夺隘
终于挣脱束缚　突破局限
突破阻碍甚至扼杀
来到豁然开朗的旷野
打开的胸襟　顿时澎湃汹涌

星空镜照千古　终于能够在一片旷茫上找到
一条秘密隧道　来遣送闪闪烁烁的浪漫隐情
你看到天高地阔　眼泛青光
抬脚就迈入了平原的平和与安宁

陌生的大豆高粱摇铃颔首　甘薯麦苗一碧万顷
村庄是大棋盘上的棋子　将平原弈向广袤无垠
在等待　在迎接一条能够冲破楚河汉界
闪着银光的要津
村庄像浪尖上的水珠　将平原翻滚得一片坦诚
在辉映　在溶融一条映照太阳七彩之光的
湿透了千年大寐的长梦

七

我承认你先于我到达　但未必比我先到达春天
不能看到满沙滩的沙砾就当成你吐下的葡萄籽
继而把你当年甩向旷野的血泪浸透的长鞭
认定为汗水浇灌的葡萄藤

你那时还自以为立意高古
纵笔如飞　一挥而下
点画激越得墙圮屋倾

田园好似被一刀下去划切了一条肌肤
你就是长长的伤痕
比时光不浅　比记忆还深
伤口上是咸涩的霜盐　血泊里是扑翅的哀鸿

我没见过你潮涌清旷　略地攻城
看到沙滩　沙窝　沙丘
沙的城堡和沙的残骸
能想得出你的得意忘形
你像点着火的导火索　或吐着蛇信子
哧溜哧溜　爬行在罪愆之中

我真不理解　你曾遭的罪为什么一泻无遗地
转嫁给与你毫无瓜葛的无辜
而且还是那么兴致冲冲
要知道这里仅拥有贫瘠的广阔　褴褛的淳厚
以及肥沃的柔软和歌声

八

难道你从小备尝艰辛　遍尝世间的冷暖
仿佛生来已老
经过世故和沧桑的过滤
湿漉漉的都是冰川的阴冷　夜色的沉郁
心胸褊狭而睚眦必报
因此复仇人世
不问青红皂白地　加持苦难守恒

难道世界就是这样风水轮流转

暗使受害者　在冥然无知中
成为加害者
以其微妙又独特的方式　维持平衡

抚遍沙砾中枯黄的水苦荬　抓地秧和牛筋草
风沙似一直迷蒙漫言　苦难是世间的基本特征
它既不会凭空消失　也不会无故产生

它与你声浪喧天的大水毫无二致
从一个阶段转移到另一个阶段
或者从一种形式转化成另一种形式
由上到下　由西到东
水汽蒸为云雨　雨雪降而成瀛
总是在冥冥中恒定

而我　抚遍你走后留下的干涸河床
总是不能苟同

九

蹭着你斑驳的遗踪　在干涸的河道蹚过荒凉
唯见大地画幅上一道枯黄的画痕
笔触张狂　粗疏　草率　处处露锋

你风簸浪颠了人们的认知
在平原上放浪形骸
没有把水彩的透明特质
以及对光的运用发挥到极致
而是以强烈的欲望　表现自己的想法和情感
画风显然焦虑
或潮来高亢或汐去低落
自然造成季节性情绪失控

时光在你身后挡住了你的退路
你唯一要的是所向披靡
如果没有扭曲和膨胀
就有最快的速度　更细腻　更真实
流露出清凉或温柔　也让像你一样的流浪者
比如我　归乡能找到温暖的乡情

遗憾的是
你拥有了平原　却紧紧地缠绕
把自己当成了紧勒其脖颈的长绳

艄公说　你要是纤夫肩膊上的粗缆就好了
能够拉出搁浅在泽国里的城镇　村庄和黎明

十

而艄公明白　只有向远方拼命正确地划桨
前面的水路才能为自己打开
他更懂得　一个人像小船
进退沉浮主要还是由自己掌控

只可惜　他还没有来得及亲口对我指点迷津
就用完了自己的人生

我匍匐在涸辙一样的河道上　迷幻地看
群鱼畅游着訇然翔成众鸟　云朵一样扇动天空
旷野早放弃了大水
哪有把什么把过去一直攥在手里呢
当下释怀了　才能朝着明天全力以赴前行

走了的河没带走睡在河床上的涛声
不管你走到哪里　不管你收编多少支脉
大浪淘沙能否洗尽铅华　就看你
能否吞没不同的叹息
又发出自己低沉或激越的声音
能否辨明　融汇浊与清

能否在一流程　在一方域　在一荡情的世间

痛快活过　洒脱走过　深情爱过
出现并消失
从未把死亡当成一种恐怖　而是
一种解脱　一种奢望　一种照耀天庭的灵镜

1980.7.12

沉浮已经风干

见过世面　古漳河浪迹天涯
匆匆路过我的故乡　说走就走了
没有流一滴泪　留下了
一个没有流逝却干瘪的称谓
一条血液遗弃的脉管　一绺风干的思念
一记鞭痕　一缕抽打穷乡僻壤荡起的谶言

岁月扰攘　不停地迁徙
似车辙深深嵌入我故乡的脊髓
旷野萎缩的皮下脂肪　肌腱和骨骼
风雨都无法调节　损及一根又一根神经元
随着年华逝去　经历过生命沉浮
而磨砺出来的气质　如何能让时光惊艳

从村庄走出的少女　总在忘川上
翻不起心事的波澜
曾经的流动不已　起伏不定　变化无穷
都只能说明　水是河的内心独白
一言既出　便如一溜蹄烟
能把驷马之蹄跑断

一根银发生生压住了豹纹的狂野
一条扭曲的沙带就那么倔强
从我的村头绕过去　爬向了天边
固守空荡和虚无
蚕食土地的肺叶和朝日夕阳的火焰
多少人拉紧这卷曲的缰绳　缺乏韧性的皮筋
都没能使它舒展

它的干涸着实让旷野难以下咽
一个世纪又一个世纪　干咳的涛声
填不满这副辘辘饥肠
一点儿强撑的优雅都付与了消散的腥膻
云张翼飞过　连阴影都没投下
只有高粱　玉米　大豆　在四野八荒上
茕茕孑立　无奈地看着芨芨草在日光下痉挛
只有宽肩膀的断堤　徒徒一肩风月
把一切愿望晾在沙滩

有多少故道再度活泛　经过内心的辽阔
有多少水回过头来胼足重践

1980.7.15

一条河的前世今生

山洪猛得肾上腺素暴涨
一泻千里
恣肆地在人世间舞龙奔骧

一开始就离经叛道
在其放浪形骸的记录里　以河的名义现身
掀波逐浪未来的热道衷肠

也许感受到了大地的恩情　在旷野上
即使撒点野
也没那么情绪化　没那么张狂

毕竟传统功底深厚
仍然无可掩藏地
绵长了旷野坦坦荡荡的思想

可还是打着饱嗝远走他乡
干涸的河道一愣神
暴露了一条隧道　恍惚错过了千年时光

在断堤看来　它不过是对逝者的追忆
对流水来说　走下去
未来必须由全身心去丈量

1980.8.12

雨水激打的河流

肯定很疼　那么多箭矢射在身上
扭动　翻滚　强忍里发出低吼
惊慌失措地逃走

都无济于事　卷不走的苦痛
携着旷野一道道伤口喷涌的血
特别是那个荒垭的　一股脑儿怒发血流

海还很远　路没尽头
把一个艰难疾行的披蓑戴笠者的心
当作入海口

1980.7.17

跋涉在旷野的河流

随身携带的雪山歌声　太凉
收到的太阳问候　太烫
来自海的消息　太腥
跋涉在旷野　旷野的辽阔完全超出了想象

像旷野都不知道旷野有多博大
也不知道自己浑身湿重的绵绵使命有多长

翻过一个身　拐过一个土冈
依然感到　就是呜咽也放弃不了歌声
无论如何也不能拒绝带温度的问候
奔腾向海　是不变的愿望

自己能够做的　仅仅是改变一下
观看的角度　专注自我灵魂的浩浩激扬

1980.8.13

流水风尘仆仆而来

风尘仆仆而来　流水总算没走失在千里尘埃
滞回着　眼泪汪汪
一再寄托的遥远　很难说是如期而至的
未来　却是追不回的过往

流连忘返的都是纵深的平静
意兴波澜不起　也湮没了百转愁肠
粼粼波光闪耀对事物的激励和鞭策　且涵容
善待一切　包括目空一切而失明的池塘

不嫌池塘不知道它自己的水平有多低
尽管知道它有一瓢饮便情绪泛滥　得意忘形
救它复明后所见到的依然是
晚风在唏嘘　乌鸦卖弄着翅膀

推崇旷野心怀坦荡　抚平额头的沟壑
舒展荒滩与岁月起伏的皱纹
凭借流域基因的滋养　视野比流域更广阔
一直保持自然法则的宽厚与深长

让行色匆匆的日月跪下　掬水洗洗满脸风尘
让飞禽走兽口口相传滋润
让树木安身立命　让庄稼列队而来
井然有序地彰显自己的感恩　和内心的渴望

1980.8.11

河岸夕照

落日渐趋冷静　非要浸湿自己那
一团火焰　却被激动的河水
搅碎　扯烂

还握着岸柳描绘光线
在平原的画布上　涂抹
辽阔而忽明忽暗的沉吟和眷恋

与沿岸的鹅卵石对视　无意间忽略了
沙滩上的鱼眼
正盯着归鸟还没淹死的夙愿

背负一身余晖　俯首饮水的牝牛
舔着一河跃动的光的碎片
是否也要舔食撩疼落日清颜的柳鞭

1980.9.5

河上大雾弥漫

河上鹭逐鱼跃的物欲滔滔不已
点水的蜻蜓　复眼中横流的诱惑在蛙歌燕戏
只有雾　氛围着那些两肩担道义的小桥
那些坚持低调而垂首沉思的岸柳
那些苇莺清扬的轻啼
只有雾　静听并触摸我湿重的呼吸

尽管琢磨不透　我钟情于雾身上那种
不为所动的质朴　迷恋雾身上
那份超然的神秘
思绪涉入灰色地带　也要
与风过招　与强光的芒刺对决
看谁　能重回盘古即欲辟开的混沌天地

好像要与雾谈一场心照不宣的恋爱
如雾一样不想霜结　不想雪藏
不想化雨在枝叶上淅沥
就这样　在河之上　在河之洲　在河之畔
不掩奔波之声　不挡流逝之音
与万物无与伦比地交融　浑然忘却

喧嚣的红尘俗事

有时你想吧　参悟比看透更为重要
是要辨识　而判断视界内高低　曲直　是非
何必以精确的绝对值表示
何必鄙薄真实的虚幻　虚幻的真实
何必去彰显方圆　轻重　厚薄
五颜六色的空间关系和情感表现逻辑

大雾弥漫　仿佛由一种幻觉构造纯粹
在我眼前虚化掉了一个人类自古依水而居的
河流　及其附着的鱼鸟　草木　茅屋或楼宇
河水得慢点走
太快　会行雨带风
会草率地掀开一个姑娘蒙在脸上的柔纱真丝

1980.8.19

坐在晨雾中的水边

总看到侧脸的初阳　披着晨雾的薄纱
若有所思　眼神迷离
树浪山涛都颠簸不了那种极致香艳的诱惑

而我　则如一池静水　汇聚萍踪不定的流浪
平卧于华北平原的坦荡上
明镜似的固执己见　不喜欢长跑晨练
也不愿滥情地送给初阳过多的秋波

我听说滏阳河在夏天宽衣解带
放浪形骸　汹涌的荷尔蒙冲动了空气的清澈
我也知道初阳不经意间　撇嘴轻瞥

我不知道的是　初阳明眸一闪　是否看透了
我以不变抵御流动　却抵御不了消减
抵御不了不变之变　抵御不了浸湿星光
或者对浸不湿的灿烂　只有坐观其盈盈闪烁

1980.9.7

坐在月色下的冰岸

寒意一层层冻得很厚的时候
这一年　就被埋在了深底

月色封不住　从银汉那么远悄然来到冰河
好像只是为了送给我一个影子
还有孤寂吗　听得出月色是你沙哑的私语

我从故乡来　沁河浑然不知已被封存
安静里看不出浪花去沾湿我带泥的足迹
原想炊烟丢掉灶火　有滋有味地散尽一切苦涩
哪料一腔情思　一份愿望
要逃离冰封吧　一触云空无奈消失

视线之下　覆冰无法不放过河水
只有云还在犹豫　是否踮脚走进月色走过时光
走向我俩未约似约的河曲

1980.12.7

坐在冰裂的河边

来河边坐下　我交出生命长河里的全部琴音
有一种不确定感　像打水漂一样
一圈圈扩散　最终下沉
消失不见

河水心血来潮　碎裂一身冰甲
喧哗着　淘去一腔酷寒
撬动河水紧迫感的　我断定
恰似生命内部才能把握并无可否认的极端

与其说自身的碎裂　源于行动的草率
倒不如说河水面临的问题　是多么冥顽

我所看到的是　在河水澎湃的激情之后
使其平静的　是广阔的澄湖碧海
容纳一河所有的软弱　苦闷　挣扎甚至不堪

直到春暖　嗡嗡的蜜蜂为花朵和花香
扇动两翼透明的锦扇

我的笑声流动星河　迸溅滴滴眼泪
一颗颗晶莹的星球　只想
冰释霜河　在你的心头运转

1980.3.6

坐在薄暮中的墙上

一簇浪　跳起来反手扣掉夕阳
又俯身双手救起月亮　多会玩球呵
却高调自嘲　潮水再高明都不会像打排球
轻松地逾越一堵墙

一堵墙　一脸冰霜
闭合墙洞的眼睑　不顾晚霞的披风
披在谁身上　顽固地反讽风声
穿不过墙脚屋内火炉上一壶水开的哨响

一把壶　才华盖世　满腹经纶
抑制不住发自内心的激动
哪怕被架在火上烤　哪怕被烫伤
也要倾尽一切　义无反顾地质疑世间的炎凉

一个人　坐在薄暮中的墙上
像雉堞一样不动声色　拿自己的心思和情感
为燃烧的晚霞添柴　看天空度过一种回首时
为何脸红　看谁在与横亘的时光比对漫长

跳下墙　似要从太空护城河的银汉里
纵身跃下圆壶似的地球　承受
超音速的坠落　生死瞬间
眼前都是生命的奥义　和心仪的姑娘

1980.8.12

坐在薄暮中的池边

夕阳从池水中捞出清泠泠的血色丝巾
揩去心中的遗恨　这招我却学不来
怎么也解不开系在池边绿槐上燃烧的余晖

一切还未来得及展开　你真的要把我的爱
像萝卜一样连根拔起吗
银河系似的池水都洗不掉的苦涩　咀嚼起来
哪里还有一丝甜蜜的清脆

夜色一笔勾销了绚烂　涂下的寂静
洇化着幽鱼轻翔的涟漪　一只夜莺衔着槐香
把池面当唱片　也拨不动槐刺的唱针

1980.8.12

那一汪池水

白鹅叫醒清晨　所有的美好从一见钟情开始
看太阳专注得只用一个眸子
那一汪池水　眼神清澈　柔和而坚定
那一汪池水　内心纯净　透出空灵的气韵

对色彩的把握和应用已很熟练
引一抹曙红皴染开生锈的梦
烁亮盈盈光波
在投影入心的紫铃铛的芬芳上印上指纹

大胆奔放过　从来毫不扭捏
直到滞留故乡　顽石和瓦砾掷皱湿透的灵魂
所有的心碎
都因一切太美

水流不念过往　岸石不顾嶙峋
骨感很强的白杨也有低烧的爱情
呵护着小鸟的家　让它们临水而居
自己则手牵手　照镜梳妆　轻掸烟尘

那一汪池水　在晨风中心情荡漾
特别喜欢紫铃铛穿着碧绿的花裙
那一汪池水　目光迷情又纯真
嗅出了颔首探视的谷子　有一种成熟的韵味

1980.7.17

临池激水

为什么要捞起还未触底的石子
掷向一声声啁啾？

岸柳垂下多少情丝　都挂不住
误遭一击而纷纷扬扬漂浮的落叶
谁能舒展开水面紧皱的眉头？

在此对镜贴花的玫瑰花容失色
而锦鲤乱了方寸　纵然遁向心灵深处
也觅不到往常的鹂影翩飞
也无法在云巾拭镜中嗅香甩尾悠游

1980.7.13

池 沼

仰望星空　秋波只送给风
时时窥视着草岸花湄　甚至兽走鸟飞
碧眼的女巫　总在低处
看到灵魂的真相　或者事物的流年似水

难怪能看透它们一辈子　毕竟
它们不舍难离宿命的安排　天天临池照镜
感叹韶华易逝　眷恋日光月辉

它们的一生　对你而言只是
一场走马观花的电影　你却无法干涉
更扭转不了濡湿的命运
即使神让你看到未来　你也只能
在时光里听任云影徘徊

1980.7.13

荷塘秋色

没有一个莲蓬说内心没底　如没有一只翠鸟
不知道一波命运的漩涡深浅

跃出水面之后　粉墨登场之后
醉吟水调歌头　不为光看惊涛拍岸
而是与彩羽晃动和飞扬秋天

记忆刻录着一盘夏天的喜悦和烂漫
鲜艳芬芳曾倾听水面的躁动
打听命外的消息　从声声鸟鸣里辨析人间

很愿被那双转动的水珠一样的目光看穿
只因还守候着光阴中的魂魄
怀抱一蓬结实的爱恋
不在乎来打探的星月说什么藕断丝连

翠鸟的脆鸣空蒙了梦外的声音
尽管清冷中风轻云淡　应当说
没有什么都在明天枯萎
池塘尚在　池水不咸

1980.10.10

泉水淙淙自有声

把内心堆积的　一句跟一句说出来
看起来比较平静　实则有些抑制不住激动
语无伦次　散漫无忌

从不考虑斟词酌句　总比空穴来风
能够润泽地面对话语之外的超验领地
诉说并透析出大山的禀性　和石头的骨气

冷言冷语　或捂热每一句话
都富含深意：浮光掠影　是肤浅的
沉潜　溢出　一点点渗透
绝对深入骨髓　融进万事万物的本质

咕哝着翻身一看　山垭张口吞掉了
刚烙熟的麦香四溢的夕阳
便浸透黄昏汗渍斑斑的衣衫　搓洗了
一个又一个世纪　无视旱魃指责说爱心泛滥
哪怕瘦得像穿过涧隙的一根细丝　也
一意拨弦向野一溪琴曲

涌现的清亮情怀　在大山黑魆魆的重围中
滋养鸟啭虫嘶　鹿鸣猿啼
对古典唯美风格总有一种说不尽的坚持

不见得非要汇潭聚湖　不见得非要隐身江河
不见得非要远走入海
不管走到哪里
都会滋润地过好每一个日子
伴着梦的虚幻　理想融于心灵深处
一曲唱尽人间的爱恨别离

1980.9.12

小泉流

一点一点长出丰富而平静的地底深处
从石缝里涌出生命
千言万语只为表达　对山岗的真意叠翠
对平原的爱情一碧万顷

感情的流程　必以清莹的期望去丈量
我啸傲小河大川
不惜从溅落在顽石上水滴的遗迹
寻找我缩小的身影

我的青春在阳光融融中闪烁着
你看到了吗
你为何还不携着一只陶罐
来我身边闻香听鸣　濯足洗缨

1980.1.30

水为什么让我柔肠百结

这么说吧　从出生拥有罕见的明丽和雅静
每一句款言絮语　泽润生机或生命
从不考虑掉入流沙如何自救
对自身　都说不清看透与看不透
更别说世态炎凉和世事荣枯
依然　笑意盈盈

这么说吧　在山坳里隐居
在底层滋助草根　在自足里低调生活
在保持中清澈和明净
知道什么时候　一波波冲破
艮石坚壤　和雪藏冰封
途经万象浸透万物渗入万态　从不改其衷

这么说吧　好不容易将梦植入一滴草露
醒来已是一片模糊　强光刺破了晶莹
照样借鉴太阳独特的生动光度
去奔赴一种与生俱来的宿命
一种浪漫的相遇
一种浓情的约定

这么说吧　在每一深深浅浅的行程中
无论疾缓清浊　都知道要走多远
会把自己具象成神秘又流畅的线条
在无止境的审美追求上
看风把草叶吹过月亮　看云把纱巾围上树顶
镜鉴着　不断挑战自己的愿景

这么说吧　举起浪的花束
发出欢呼　给予每一块坚强的岩石
以高度的追捧
从来不拒绝若鹜趋临的察颜观色
从来不嫌弃双双濯足的倒影
从来不掠走沿岸的风景

这么说吧　走到哪儿都怀念流逝的风光
还有些流连忘返
还踏着岁月的行歌　琢磨风色凝结的内核
不琢磨　是否与挥手自兹去的时间有关
只在无法阻挡和无法挽留的流逝面前　汇成
清晰的认识或迷离的梦境　浸透海阔天空

这么说吧　就像我对你一样
始终对大海情有独钟

环游世界　纵使是一颗雨滴

也滋润辽阔的内心

荡漾韧性与脆弱　幽暗与纯净

使细腻柔美弥足珍贵　将生涯致力于静和动

1980.8.18

第四辑

礼赞：以明媚召回古原的青春

春天写意

鸟鸣翠绿光鲜　盈溢的清甜
光线一样萦绕青丛和繁花　丝丝香暖

眼看小草冲在前沿　钻破冬天
以大胆的创意　裁剪风格各异的时装
赤橙黄绿青蓝紫亲手织染的风情
大大提升了视觉美感

只是略嫌花枝招展
只是略嫌绷不住曲线
只是略嫌扭动的腰肢还缀着时光的残骸
和粉尘的惊叹

在这个春天　想迷乱　想扼止　想放弃
没有什么能得到绽放的赦免

1980.3.10

岁月在华北平原上种绿

鸟鸣总是注册在绿丛　却不见身影
岁月在华北平原上大规模经营荣枯嬗变的
绿意　一样未露面目和行迹

多少舍生取义的花朵打开一个春天
榆树还没有轻举妄动　只是缓缓扭着
骨瘦如柴的身子　倚于墙头屋脊
仿佛打探什么消息

看着杨柳　槐椿　杏桃　枣李
以及节节草　水稗草　车前草都绿遍了天涯
才串起一嘟噜一嘟噜的榆钱
在庭院和村口摇曳浅绿　买下绿色入场券
去竞技场上展示绿色绝技

身穿绿衫　连呼吸都绿得急促的全场的树木
上半场的小麦
和下半场的玉米　高粱　大豆　谷子
都是华北平原上夺冠的健儿

其实　它们都是风制的乐器
那种绿色的演奏
让风有时疯狂　掌声雷动着绿的染色体
有时垂眉低首　月光下的絮语清溪一样澄碧

荷锄与否　荷着月色就好　只要你
从此走来　从一盘荒凉的大面积沧桑上走来
随意薅一把渐次葱茏的光阴
就知道　岁月绝不是我们内心的皱纹
而是　在华北平原上种下的绿

1980.4.30

远望村庄

远远望去　一片岛屿　一片森林
为原野的潮动激赏
在庄稼排涌的声浪中　我几乎找不到
蓊郁的村庄及其酣梦

可以乘一叶小舟　去捡拾牡蛎和涛声
劝退线条流畅的美人鱼
收起云帆　在祖辈留下的泥巴房里
秉烛写信　寄给隔着绿海相望的小城

可以循一缕光　去采蘑菇和童话
邂逅预期里可做家畜的憨态可掬的棕熊
筑起小木屋　养几箱蜜蜂
听月光摇响金铃　与她约定平生

远远望去　我的村庄就是我的心跳
槐榆杨椿披散开我浓密的毛发　蓬蓬勃勃地
撑起绿色的阳伞与帐篷　覆盖了
所有的泥墙青瓦和门楣窗棂

1980.7.15

田野一日

树提着一篮浆果准备早餐　抬头一看
最大的一颗　在激动的东海上迅速走红
太阳自甘跃上天空的青瓷盘　犒饫人间

深陷大地的爱　萝卜无法自拔
白菜紧紧抱住一颗心
举行盛大的野餐会　尽享绿意盎然的团圆

拖着长长的翠裙
藤蔓在田埂上恣意自恋　也绝不想
给撒欢的牛羊使绊

在摇响金铃的豆棵上　蝈蝈长腿一弹
悠然地拉起长弦
直到夕阳嫣然一笑　点燃星星的灯盏

1980.7.21

最早醒来的

最早醒来的　谁说是炊烟
柳垂古井汲水的声音　叮叮咚咚
已把村庄第一缕霞光拽出了
深不可测的酣眠

鸡鸣槐树巅　牛羊在晨雾中湿漉漉的叫声
一声高一声低　绝不像它们的步履缓慢
最后一点夜色也够迟缓的了
差点儿就被劈柴烧掉了破碎的衣片

早行的人把炊烟缠绕的村庄甩在了身后
鸣笛越过千年大寐的青冈
掌舵划过犹如醒来的大脑沟回一样的
激流湍急的前川

1980.11.8

野花在河唇边明媚

太阳太过滚烫　荒草声名狼藉
只有河唇边的野花　以明媚的浪漫召回
古原的青春　浪花似的赤裸着艳丽
风骚得坦坦荡荡　以至于
任谁也无法像流水一样
一波一波地推送任何诋毁的言语

在碧绿中恣意生长异彩纷呈的性感
在荒滩上袒露叛逆　迎风更加张狂
那种美　令天空窒息

很风雅　像高山流水吟诵上古之诗
又很随意　如浪潮漶漫无忌
很嫩很年轻　又很世故
很古典又很现代　又绝对不会像水一样
不流了　就固守自己的容器
自我感觉良好
浑身散发着扑鼻的香气　创造的神秘

一种不可阻挡的天地饱满的灵感

一种女权中自然而然外溢的情欲
一种不随波逐流的五彩符号
一种翻涌着深潜的暗示
连河水都惊艳了　滔滔不绝地絮叨——
即使有隐藏　也应是火山极欲溢香的命理

1980.7.19

槐庭之夏

老槐树的儿子们都长大了　哪儿也没去
堆绿垒碧地留住春天
蔽荫着古老的房屋　守着门

唯有槐香　拦都拦不住
顺风跑遍了整个南北大街　也没留一点时间
好好护理并紧紧地拉住槐籽　以免
跃出槐荚的小舟　一个猛子扎入路西的池水

其实　一个个都像老槐树一样看得开
展枝摊开两手：学会弄浪也好
怎能困得住这些个
紫光油亮　总想裸浴的灵魂

1980.8.7

院中枣树

好客的枣树微微弯着身　怀抱一颗颗
青青的珠玉　还伸出翠箔般的叶掌
厚道地托着日光月辉

臂挂一串串红辣椒　和一辫辫玉米穗
在庭院里住惯了　跟拴在腿脚下的小山羊
和绵绵的挂念一样密不可分
从不自一瓣花的芬芳里去听春天隐秘的声音

只是簌簌抖落一头细密的黄花
心里就有一个坚信：那些晶莹的青枣儿
别看长得冷　积时储蜜地一旦笑起来
绝对会红得发紫　而且很甜很纯

1980.8.7

榆叶自带齿恨

榆叶自带齿恨　锯开自身的疙瘩
虽仍有纠结　虬曲的躯干依然扭出一份坚执
挺出青砖黛瓦探望　是要
赴约遥远之桑

准备了好多好多的榆钱做盘缠
最终还是撒了出去　风过来教唆也无用了
脚下的根系太深
怎么也走不出家乡

1980.8.11

捡玉米

漫天星斗　是一开脱粒机就脱出了
那么多玉米？

晶粒就像大树秋叶上挂着的露滴
在一盏灯光下　双手如同握着
一个银河系　一颗颗星陨落
一堆堆陨石被聚拢　被簸箕和麻袋收集——

这是在捡玉米棒　从一个轴芯上脱粒
从集中到分散　从有序到无序
统一中分化　分化中整合
去磨砺　去提纯　去喂养生生不息

盛大的秋日当然少不了盛大的劳作
哪怕再原始　再粗放　再于一种愿望里
捡出满手满手的疼　也要
捡出老茧经营的闪耀莹光的金玉

我还没有说　这是脱离心中的梗
捡出可贵的品质　捡出

在小小的金色宇宙里自足而能触地发芽的
种子　捻出穿越孤独的成熟的自己

哗啦啦　一粒粒碰撞的声音　饱满　金质
是谁　在宣读秋天的神谕

1980.11.9

高粱 倚世而立

最初来到这个世上时 有可能很矮
与怀抱响铃的大豆 摇着粗大发辫的谷子
眨着长睫毛的节节草 闪着细弱目光的星星草
肩上肩下 密不透风地挤在一起
甚至矮人一头 楚楚可怜

咽不下的苦涩顶在头上 连雀鸟
都不啄一粒
无奈地垂下涨红的脸
伸个懒腰都要被伸过来的叶掌粗鲁地抽醒
难道被踢下祭坛也只有耸耸肩

不睡了 拽出自己腰间的碧叶长剑
一阵披荆斩棘后
抬头一瞧
曙光在阴郁的风评上
血溅绿原

似乎是一夜间拔地而起
高高的身个 足让所有的稼禾须仰视才见

一节一节　翠竹一样接近天空
摆脱了狭隘和限制
获得一种无限

旷野上的优质秀挺范儿　站在鄙视链顶端
引来大批的拥趸羡慕不已——
站直了那么高　视野接地连天
选择范围之广犹如后宫选妃
该有多少露水情缘

耐高温的主儿　喜光有趣地挺立着
故作矜持　仿佛在说
既然站得高　就要看得远　无论如何
也要筛选出
有四海经历和国际视野的对象做伴

其实　还真没把自己当回事
只是直接把太阳叫出来玩
玩到秋风起
舒展舒展筋骨　晃一下高高顶起的一头饱满
侧耳　倾听原野的呼唤

1980.7.17

绿野嘶鸣

你可否顺着长长的驴耳　找到相像的
油绿叶子　倾听植物的叫声

那些高粱和玉米细密的心事
窸窸窣窣　不觉间就让太阳点燃了葱绿的激情
瞧瞧　它们长腿一蹽
一阵风跑向河岸　蹚过泛滥的河水
英英挺挺　站定

遍野汹涌的都是
绿色的嘶鸣

你听到了吗　是否听出动植物在旷野上混融
是否忽然觉得
头上结穗的高粱簪缨　扬须的玉米振鬣
是否从一头犟驴身上找到
对我的认同

1980.7.15

撒化肥的雨中雪象

水天苍茫　能用自己喜欢的方式度过一生
是每一株曾经憔悴的禾苗的渴望
如今老天的精神世界显然崩溃　落泪泣雨
我偏偏在撒着化肥　手带速度和节奏
抛撒一把把沧桑　一把把北国之冬的景象

白雪纷飞　扑簌在烟雾弥漫的绿波碧浪之上
田间小径似乎穿过春秋　跳跃式向前伸展
在通往夏天和冬天的风光里
去追赶尽享人间烟火和五谷的神
以及神的守望

不用青箬笠和绿蓑衣　我要吸纳天下的雨水
身上的衣服就是我的容器
渐渐地沉重　渐渐地不再飘然拂过青冈
而在纯粹的挥撒中　让布谷鸟急促的叫声
淋湿我家隔壁那位明眸皓齿的姑娘

我不言不语　不是怕惊扰了禾苗的芸芸众生
而是想抽离自己的灵魂

让一股股氮味磷气洁白地超度　恣意飞扬
我要与原野复合
水乳交融　在雨中　呈现万里飘飘的雪象

1980.7.14

锄 把

带着一柄铁律　锐不可当地斩草除根
举手投足之间　彰显劳动之美
像一根针　直直地扎入落日的晕眩

保持着乔木的本色　耿直的性格
有柱天的抱负　从不奢望有谁
来个唯美的公主抱　或赋其清闲

哪怕把生机勃勃的清纯风干
也要以修长的硬朗之身　为麦波谷浪
立起桅杆

1980.7.14

锄 桨

谈不上在葬花时　被一双纤纤玉手
捏住了比相思还要细的痛处
也绝非在汗滴禾下土时
被一双粗壮的手　抓住了比人生还短的把柄

没有隐姓　却不知从什么时候开始
像对待原罪似的放弃最初的称谓　埋名

看看这个貌不惊人的锄把
毫不违和地接受人们习惯的称呼
锄桨　锄桨
姓锄名桨
在其家族里鹤立鸡群　与众不同
名声响亮得赛过高耸的桅杆
总能让人想起舢板　或划艇

不像锄头那样出没草丛　潜行黄土厚壤
而是直起腰杆　一声不响地躬耕

其实　它知道自己是为锄头及其锋芒而生

早把锄头当作了船只
顶着原野上的云　做白帆和船篷
在碧绿的海洋里劈波斩浪
去承载一船船五谷馨香　梦与激情

1980.7.14

光 线

点燃日烛　把地球上的故乡照亮
我在它的背面　极欲抓住
X射线　穿透虚幻的真空和迷乱的大气层
穿透旷日持久积攒的冰雪
穿透覆盖的岩石和腐殖质　穿透内心的土壤

在不同的密度和厚度上
认可不同的吸收程度　经过显像处理
得到一种自我观照的影像
对此我望眼欲穿　就是遗落一些光粒
也要在心灵的胶片感光中　把秋色收仓

总不能任异地万家灯火的锋芒
将一颗游子的心刺伤

1980.8.13

归 乡

挽起了裤管　却挽不起过去的
踪痕　旷世的瘟疫驱使我的黄犬没入枯荒
如今旷野的皮毛油亮　碧绿如茵

村口的老柳颤颤巍巍
晃来晃去　也晃不掉一叶叶一串串
尚未发黄的曾经撒欢相迎的犬吠

久久地望着空空的鸽巢
脑中旋落白翎赤羽　没有风　没有云
蝉蜕虚怀着自屋檐向天空缭绕的一哨清音

白羊食音无香　仍津津有味反刍韧性和温顺
是否还反刍黄犬守护家园的忠诚和精魂
雄鸡唱晚　啼落谁的星泪

1980.9.4

乡间小径

拽住这根泥黄的　被荒草都遗忘了的细绳
轻轻一拉　能拉出整个原野和乡情

能拉出一片河滩春色　一道谷地秋光
一些星星和麦粒密约时走漏的风声

甚至牛羊哞哞咩咩的私语
甚至饱含野餐味的鸟鸣

甚至夕阳的线团　要给大地密织一件静谧
甚至胼胝足音　要惊起灯焰小小的跳动

远走他乡　也常被它拉回
还拉动体面的路轨航线想想在哪儿启程

1980.9.9

我的村庄及其炊烟

炊烟绕过村边的树梢　飘过河岸
不是与河流媲美翻波涌浪　也不是
看到天空那么明净　而弯下腰来掬一捧清水
洗一洗沧桑的脸

我的村庄为了升腾这股炊烟　原地不动
又似乎从来没有停步　走过大明王朝
走过痛苦的迁徙　走过灵魂的漂泊
一直在风餐露宿里打转
不能说抖落一身风尘　就安居在
自发生长出来的枝叶纷披的新槐下面
可以一遍遍地说　生长旺盛的炊烟里
都筑巢着时光的味道　还有
对老鸹窝永不落叶的浓密怀念

我的村庄一日三餐　神来了
都是粗茶淡饭
享尽人间的烟火　直接就把灶台当成了香案
辣椒味任性地走街串巷　姜蒜味唠着嗑儿
就溜达过驴桩　牛槽　猪栏和羊圈

特别是刚刚炝锅的葱花味
毫无顾忌地
跟着更加重口味的炊烟招摇着
去与白生生的云热恋

我的村庄升腾而起的炊烟呵
以梦为马的驭者　烈火中的鸟
向往天空展翅高飞
哪怕在空中迎风消散
那是谁呀　端起平原的大簸箕
差点儿把一炷炷香烟缭绕的村庄颠翻
远山不过是簸出去的几粒石子
就那条河流　还风簸浪淘呢
一颠　瞬时也成了抻也抻不直的呛人的炊烟

定睛一看　大病初愈的太阳
与月豆星粟一样　被簸得既朴素又光芒灿烂
那究竟是哪一位庄稼汉　喘口气的时候
扯着一条炊烟　擦汗

1980.11.10

行走在大地上

茧花盛开我的青春　粗壮的手
就要紧紧抓住流年逝水　灌溉天底下
所有的旧村新城　日夜不息地丈量山麓水湄

赤足签章　哪怕在路的长卷上
钤下血印
行走在大地上　一脚踢开浓雾弥漫的黄昏
一手拉出流光溢彩的清晨

走下欢娱的高山之巅　到烧焦的幽谷里
拯救灵魂　挣扎出人世丘壑
高擎平旷上飘香的花蕾

拎着夏的记忆　秋的沉思
冬的意志　春的觉醒
怀揣一位共听蝈蝈鸣叫时姑娘的盈盈笑意
足迹遍及褐色的大地　脚踝荡起烟尘

城堞逶迤　彩虹撑起雨后初晴的天空

云垂的大野上鹰击马奔

风传驼铃　极天远树耸峰驮起肝胆昆仑

1980.8.15

第五辑

咏叹：能逆转大地命数的力量

雀儿啄醒我的梦呓

叽叽喳喳啄醒我的梦呓　每天扑棱棱
收敛月光之羽　抖落片片星河潮湿的睡衣
自残夜梢头　飞落在我的窗台上
小巧玲珑的身姿　跳跃着我惺忪的凝视

恍若从我的梦中出发　飞过绛紫凝血的柑橘
掠过挂在秋枝上缩成黑团的石榴
这让我想起　曾经只身走过即将越冬的麦地
轰的一声　是这些小精灵
冲出一片冷绿　突然遮天蔽日　哗的一下
翼落成电线杆架起的五线谱的音符
我不由得在一场没有彩排的音乐会前收足
我吃惊地心生歉意　毕竟
是我打扰了它们潜伏在绿色平静里的生活
而它们　还献上纯粹的即兴曲

此时　让我沉入睡眠的泯忘
从宁静里激起涟漪一样的旋律
我知道它们喜欢群居　喜欢呼朋引伴
喜欢空中比翼　也喜欢隔着一层薄薄的窗纸

不经意间为我义务进行密集的晨祷
促我啄破黎明的悲凉　啄破这层窗纸
啄破房间的封闭
其实　我听不懂那些有温度的念念之词

很显然它们不知道我长卧在自己的命运中
当然也无意窥视我的隐私
我很庆幸我的窗台成为它们的舞台
人世间入心的事总是随缘而至　不着痕迹
它们也许在讨论着什么
热烈　急切　像雨轻点花瓣
像铙钹细密地触及灵魂的金质
节奏明快却不激昂　更不带丝毫的情绪
倒极似因整夜的睡眠
依傍着横跨晨昏的隔离后
好不容易可以热聊了　两两在倾诉一腔相思

或者发现了一份早餐　自己舍不得享用
以很香且极富营养的声音　推介别样的风味
低声唧哝着招呼亲爱的伴侣
我实在抵御不了这种诱惑
馋涎欲滴　却恪守善意
不想惊动它们台上的本色表演
和毫无粉黛毫不伪装的情意　更不想

惊离这人间温暖的景致
极力克制自己的羡慕　激动
和藏匿许久的虚拟
连一声咳　都咽回九曲回肠
转移到生命的深处　为自己去救赎　皈依

阳光倾泻在羽毛上　暖暖地润泽那
精致而丰满的胸脯　和优雅的仪态
梳理一种频返尘世的惺惺相惜
透过窗纸　它们清晰可见
我找不到哪个是我落寞的影子
它们有一种性感的神秘力量　摒弃孤独
自然不被落寞所囿　置身于明亮的
日常和烟火气息之上
成为通向他者的抒情主体

先不说这些小精灵如此和谐相处　恩爱有加
是否深谙社会事业及其价值
我的邻家小妹　除了说要像它们一样起而飞兮
我们还有什么理由
不捅破这层窗纸

1980.7.13

岁 月

一尾流线型的滑腻的鱼　幸免于钓丝
穿过网眼　转瞬就游进一条条皱纹
在人脸上摆尾挥鳍　游过眉额　游到眼角
想进入深潭似的双眸

是要借一双明澈看透风波迭起的历程吗
云烟凄迷　什么力量能够
逆转大地的命数　深潭的宁静
和自我怎么也救赎不了的　跌宕起伏的奔流

潭边的草蓼多么葳蕤　两道堤堰
忠诚地留守
不是把着关担心忧愁流入
而是在严防一腔沉实的幽暗和酸辛溃堤决口

吹串气泡　激活一潭死水或浪击弱水三千
从不计较时间的深浅　以及宽放和窄收
一意倾听　湿淋淋的水之精魂
发出的潮音汐声　而任天地悠悠

鲫鲢鳙鳜　曳动山河的神经
不管多么重要多么富有
不管属于你还是属于我
都是波澜不惊　眨眼间早已悄没声地溜走

到潭水枯竭　只剩泥淖
谁能在几万几亿年后鉴定每条鱼化石的遗留
现在仍波浪盈盈　光亮映照时空
当人影闪过　想没想到那就是渔舟

1980.11.8

断 垣

淘气的光屁股孩子　家无木马
来骑这一副史实制造和现实偃卧的马鞍
玩起时间急驰而去后遗弃的骨骼
荡起喧闹的尘烟　不需要
也不知道什么云梯可将生死存亡上演

板立道高千丈　臂展数里绵延
当初一张阔脸一片冰霜
令强攻或偷袭　都心惊胆寒
不为别的　就是在自守一种威严中
佑护一份安闲和温暖

如今倾身荒草　头尾没入往事
一段矮下的躯体为岁月塑身　很显曲线美感
尽管颓废　而不失端庄　而不失原初的涌动
而不失耸向云霄的浩叹
这寓世俗美于理想美的表现形式
静对穿着格子衫的田野　背向盛装的庭院

如一旋律萦绕　上无高亢之力

下却有平和舒缓
任由光阴和风雨以斑斓的色彩和精到的笔触
描绘复杂的肌肤变化
让怜悯　鄙薄　呆滞和颖悟的各色目光
抚遍裸露的残疾及其鲜明的悠然

嬉戏的河水还在鸣溅溅　庭院怀揣的荷池
已释放了所有的湿漉漉的情感
失措的表情在坚定的举止上一丝不挂
不再保持强大和冷静　不再维护
两侧的平衡　两端的闭环
也不管孩子们打起局部战争
一任他们把这一段即将驰去的过往
哪怕是当作灌满月光的瓦罐

1980.7.18

黄昏　逆光西行

逆着光线向西走去　我的血性
不及夕阳　眼见它随手一甩
就把自己的血丝调笑的炫彩涂满了天空

还溅向盛装的夏日原野
波澜不兴的河滩　蜘蛛爬过的沟壑
一头雾水的远山　和相伴归巢的飞翎

它不是画家　无所谓画技是否失控
日复一日为光阴着色
那恣肆的笔触　皴染了我的魂魄和心灵

满眼通红地描绘出山川这些庞然大物的足迹
让我对流走的时代和世事有可追寻
顺光或逆光　全不在乎阴影

单程的青春　必然与黄昏在终点站相逢
我拨开怯沮随意生长的野草
就想抓住光线　拴住青筋暴露的路径

最忧心时光一去不回　毕竟人生
不能像它一样重新来过　但要像它一样
满腔炽烈地　走向平生无法抵达之境

1980.7.16

夕阳慢而很酷地走向山岗

弓着背　转身　慢而很酷地
走在树影里　看七彩炫光汇报演出
听蟋蟀娴熟地弹唱　赏蜘蛛在盘丝弦上
拨动黄昏　一点儿也不嫌弃舞剑的蝎子
走马灯的萤火虫　和跳探戈的飞蝗

就像旷野一样豁得出去
早已备足戏份　并拨开云雾打开光顾的走廊
把赚得花花绿绿的晚霞
挥霍个精光

说起来真蠢　灌了很多酒精
还要自驾兜风　且美其名曰：巡航
在山上出了车祸
半边脸嵌进树木的护栏　伤势严重
血溅那些出道较早的月光星芒

霜衣雪裳的人说　可能救不回来了
露珠尽管哭了一夜　其实心里清亮——

漫游之后　一定还会在波涛上玩火

因其每天都从禁令中返回　依然焕发容光

1980.7.16

夕 阳

蹲下来　掬一捧河水　洗尽脸上的风尘
借一把垂柳　梳过斑斓缤纷的头发

困倦弥散于炫丽的景象
烦躁消融于温柔的暮色

若无其事地叼着香烟　吞云吐雾
漫步群山　静穆得让峰谷张口不敢说话

不顾蓬发垢面的炊烟　迷乱怅惘地过来纠缠
若有所思地带着一团痴念　盯着鸣鸟栖落

也不揩去几滴星泪　拉上晚霞的窗帘
在山的那边　燃起烛火

1980.12.8

傍晚有些漫不经心

青山驮着云霞　一溜烟跑了好远
树丛不跟从　只举起星月微弱的烛光
蹲在天空下　沉默不言

我把梦揣在裤兜里
不给任何人看
吹上口哨　觑着大平原用托盘盛满黄昏
习以为常地准备晚宴

似乎有一种刻意　都在不经意间
我所理解的自然性
晶莹透亮　清甜水润
像一把石榴子放在嘴里无比丰盈的爆汁感

傍晚漶漫　心不在焉地无视也不屑
一只乌鸫占上枝头　清唱中啄掉夕阳
全然不顾自己掉入黑暗

1980.9.10

傍 晚

解不开一团内心气息的密码
夕阳踱步向西　顺手捉几只聒噪的暮鸦
丢入燃烧的霞光

一股煳味儿让一支暮歌在炊烟上打结
天空矮下来　把一弯新月当成了
泉水流连忘返的原乡

丝丝的隐疼被风挂在树枝上
那是谁家的那棵酸枣树　什么时候被什么
摘去了通红通红的甜蜜的铃铛

1980.12.8

萤火虫自带光芒

荒芜在旷野上是狂野的　而萤火虫不是
这个自带光芒的谦谦君子
明亮的眼中　一切绝对是无害的存在
和难于了却的尘缘

萤光辽阔了幽寂　空茫之上
点点精魂神魄　点亮了大地的灯盏

把上苍闪得晕眩　尽管星星挤眉弄眼
也不鄙视自己的渺小　汇聚光芒
与天空对视　还显得那么悠闲

不在意是否照亮今生
也不是非要看穿命的本质　发挥运的潜能
以光寻光地自燃

没有指望太多　从未把一切光源当作对手
从未计较在谁的心里妒火炼就的尖酸
兀自连爬带飞　拉开生命的长度
以点画出光的曲线

只喜欢走夜路　犹如孤狼秉持内心的烛火
莹莹的气质外露　闪闪的锋芒内敛

1980.8.28

灯 光

驮着欢欣和倦意的小马
千里归厩　尥过日间的千山万水
飘摇雪白的鬃毛

幽静的村落和田野上
风的胡须拖得灰暗而杂乱
只有雪白的鬃毛　调理着流线型的丝绦

一下子就绾住了谁的心　深不由己
一片澄明　赛过模仿秀地打了一个响鼻
喷着热气　把黄昏踢在后槽

一心追逐的红鬃小马
还在穿过黑夜
在时光里俊逸优雅地奔跑

弥满了爱恋　白鬃小马瞳仁里红光闪耀
要对接并融于万道朝霞
积蓄膂力　天地间的渴望在燃烧

1980.12.9

临窗画景

挥毫轻缓　画幅与窗框同频呈现
树影与月色　蘸魂渲染
画下弥漫天地的禅

那是谁种下的树　种下的月
种下的坚守和蕴含　足让一幅画
穷经皓首　阐释一方本该一闪而逝的不夜天

1980.7.22

树丛午影

是阳光在鸣　还是灵魂在啼
我看不见的蓝喉歌鸲在哪儿占枝

满眼都是阳光斜织树栅竹篱
还非要我带上无色无嗅的影子

1980.7.20

狂风中所见

雨还没来得及把大地的朱唇吻湿
风荡起尘埃
抱着树木旋舞

太粗野了　长纱一撩
要让一切拜倒在骚情的石榴裙下
捉弄它们陷入迷途

歌唱夏天的知了　不得不告别家园
仓惶出逃　一路踉踉跄跄　忍不住哭哭啼啼
拖着长嗓　翻滚着慌不择路

那些无忧无虑而寻欢作乐的小雀儿
再也不敢吱声
缩颈委身于大树

只有飞燕有一个很好的结尾——
斜把着剪刀　左冲右突
剪除风故事中的欲望和粗俗

1980.7.24

意料内外

意料之内的事　总是姗姗来迟
或许望穿秋水
用地平线去放风筝　系住落日

意料之外的事　往往突然而至
还不能像对阴鸷的怪兽那样
喝一声——叱

1980.7.22

窗玻璃

定制一方光　把透明置于竖起的平面
嵌入一个空间框架活动
足够一间屋珍藏

承受光的穿透力　而无论光如何热烈地表白
都不能让紫外线鱼贯而入
有一种坚持　是阳谋　坦坦荡荡

只说风的谣言止于智者
纯净　才能面对一切外在的物事
消弭满目的萧然　内心的苍凉

那种类似虚无的自律　平静和冷漠
框定了云白和晴蓝　还有举起绿掸子
意欲揩尽尘埃的白杨

看鸟儿无声飞过　丝毫不眨下眼皮
而总是石子冷箭难防　未及捂住破碎的颜面
一声尖叫　当啷切割了宁折不弯的光芒

在窗台上　在地面上
在肉体的疼上
透明的封闭　横陈一片片尖利的碰撞

1980.9.19

云石之间

情致生动的云　路过被光线切割的天空
理不理解　残卧草丛的石头
为什么心事重重
它飘然而去　似不愿有什么负荷
稀里哗啦　会随时抖落湿透自身的沉重

哪顾我眼泪滂沱　践行的思念一再陷入泥泞

只有石头怀抱仅自己知道的秘密
看夕阳踏着秋寒　着上一丝丝暖色
让一抹染过翠微的雨过天晴
深入内核　深入与生俱来的疲惫和隐痛

我不知道它是不是那一块
不同于晚云冷漠的　来自内心的温情

1980.9.6

雪落无声

把高楼与平房看作床第　轻盈的小天使
飘然其间　悄无声息地铺上洁净的白床单

更怕冻坏了裸枝　裸石　裸冰　给它们
戴上白手套　穿上白棉衣　盖上白棉被
吐气若兰
无视风的聒噪和责难

娴娴地不言不语　也无意自己的委屈
大白于天下　只将纯洁的心事
一层层深藏又一片片铺展

只喜欢鲜明的足迹
那兽叫鸟鸣针织的最美花边
只在乎那个写生的小伙　踏着纯粹的诗韵
走向大野　走向洁白的想象和情感

在窗台上插一朵晨曦的玫瑰　静静地
看镶满银牙的群山　咀嚼酷寒

1980.12.13

雪意西湖

雪和杭州的缘分胜过许仙

水漫金山　只有雪
把水凝结为纯粹的忠诚　冷傲孤寂的人间

信守素洁之约　拈一枝灵峰梅
丝毫不畏天寒地冻
把看望悄然悠扬为痴情的对白　柔柔绵绵

絮絮中　白素贞飘过断桥
雪花一样衣袂翩翩
流眄烁自长堤眉睫飞白的天荒地老
三面山都为之素颜

雪落在钟声上　覆盖雷峰塔的阴影
把耸起的故事飘然丢在一边

直到太阳把日子过得闪闪发光
雪仍为空蒙的山色张开莺啼中的烟柳阳伞

一直在湖心亭寻找出路
冰释空间　从不封冻毫无倦意的潋滟

1980.12.14

冬天的树

从碧绿到枯黄　从枝繁到叶落
伸手撑起沉吟的冻云
要抠出天空的雷喧

日月在昼夜各自睁着只眼　星辰视而不见
终究孤立无助
手无寸铁也要对抗
一场没完没了的苦寒

紧紧攥着一根根木棍　宁折不弯
雀儿站在枝头的制高点上
看着雪花送来素洁的披风和白手套
啾啾地评论着　好像一个个超越时间的经典

1980.12.12

楼前白杨

推窗而望　忽然间看到了
你的成长　仿佛是形而上甚至是先验的存在
枝枝丫丫举起的　不仅是萌碧的叶片
更是金质的绿光

你就这么举起鲜嫩的春天
举起背阴而生　纵身而上的超感
举起向阳的隐秘力量

似乎是茅盾的生花妙笔长成的　礼赞了
大西北的风情　挺拔起精神塑像
移植到这个不完美的世间　完美地活着
为一座红砖小楼耸起生活的畅想

虽然称为 48 间房　却楼层不高
舞台不大　注定的独角戏体验猝不及防
被置于压缩的空间　自己的一身骄傲
只能压在心底　别处已无法安放

深思自身处境　更加深对草木扶疏世界真理的

终极追问　风却常来嘶喊理想的沦丧
枝叶难展　了无旁逸也正好向着
有很多空白的天空生长

隆冬下坚守一份傲骨　春日里萌动一身才华
以自己做掸子　扫净云雾迷情的天空
哪管身旁就是烟熏火燎的怅惘

只伸出心形叶掌　托起雀啼燕鸣　暖阳锦霞
光合作用似的
磁吸邻家女孩银铃一样的笑声
让葱茏回到心上

在别人看来你折枝留下的
都是越长越大的　一生抹不去的疤痕
你偏偏把疤痕作为看世界的眼睛
春天里能看到消夏时光——

悠长的蝉鸣　热情的空气
灼灼的太阳　尤其女孩午后惺忪的睡眼
黄昏合抱的参天愿景　深夜连理的浪漫月光

你对小红楼的陪伴是个时间单位
越久越温热　越来越能激发自己

挺身越过楼顶　捉几片云朵
给她做白白胖胖的棉花糖

你描绘塑造了生活
生活也像你对绿掌拍动一般
带来回响

1980.3.28